百鬼夜行
百鬼夜行 卷3
魔神仔
笭菁 著

百鬼夜行—卷3—魔神仔

（※本故事內容純屬虛構，如有雷同，純屬巧合。）

目次

楔子

林伯穿著輕鬆的運動服，手上還拎著個袋子，袋子裡放支鏟子與剛採的新鮮蔬菜，他剛剛到這附近的山裡走走，順道挖了些新鮮的野菜，中午就可以加菜吃。

上坡地段令他有點氣喘吁吁，找塊石頭坐下來休息，順道喝幾口水。

這裡是住家附近的山，他們有一大部分人都很喜歡到這附近走走，公所在這兒還建有一處公園，幾條不陡峭的健行步道，一路到附近的登高處欣賞風景，在涼亭裡吃吃喝喝再一道下山，也不失爲一種休閒活動。

只是像他們有些對山裡熟的，知道除了官方鋪設的步道外，也有許多人走出來的「路」可以通行，山裡有許多野菜或是蕈類可供摘食，熟門熟路的人往往都會去採摘。

「嘿唷！」老人家才準備起身，突然留意到身後有一抹影子跑去，「咦？」

他狐疑的回頭，認眞的注視著，人到某個年紀啊，看近的不行，但遠的倒是一清二楚……在一棵樹旁，探出一個小腦袋瓜兒，帶著點恐懼的偷看著他。

孩子？老人家可愣住了，第一時間左顧右盼，現在這附近除了他之外，可不見任何大人啊！

「小朋友！」他喊了出聲，「你怎麼在這裡？你跟誰來的？你爸媽呢？」

孩子沒說話，卻還反而被他嚇到似的重新縮回樹後。

「不要怕！阿伯也只是在這裡散步，你爸爸媽媽呢？」老人家小心的往前走了幾步，「這裡很危險啊，你不小心會迷路的！」

放輕了聲調，孩子才終於再重新探出頭來，這下子老人家可看清楚了，是個男孩，臉上還髒兮兮的，看上去大概十歲左右了吧？

「來來！」老人家一看他願意探頭而出，連忙招手，往身後指指，「跟阿伯先到大路上去，我們從這邊往上走，就到步道那邊了！」

男孩順著他的手往上看，怯生生的遲疑，最後還是搖了搖頭。

見他膽怯，老人家也是無可奈何，小孩子迷路已經夠害怕了，也不能期待他隨便跟陌生人走吧？如果年紀小些可能還不會顧及這麼多，但這孩子看上去是小學生年紀了！

「阿伯不是壞人！爸媽有教過不可以跟陌生人走對不對？那沒關係……」老

人家旋身，「阿伯先走，你就跟著阿伯，可以隔一段距離沒關係喔！至少我們到人多的地方去，然後叫警察叔叔幫你！」

試探性的回身，男孩終於勉強的露出半個身子，像是打算跟著他走了。

「那我們走了喔！」老人家刻意拉開嗓門，又回頭看了孩子一眼，「……」

男孩是離開樹後了，但是他卻轉身背對著老人家，頭也不回的往反方向走去！

「錯了！錯了！」老人家急忙的追上前，「路在這邊！上面才是馬路跟步道！」

男孩穿著紅色的運動外套，看上去都有泥濘髒污，他回頭看了老人家一眼，清澈的眼神裡帶著求助，一副欲言又止的樣子。

老人家在這瞬間感受到，這男孩需要幫助！

他握緊了手裡的袋子，一股精神力量泉湧而出，那是種想保護、幫助弱小的熱血，讓他邁開步伐！

「你走！」他說著，「阿伯幫你！」

男孩露出了純眞笑容，回身開始疾走，越走越快越走越快，老人家卻一點兒都不覺得喘，健步如飛的追了上去。

他專注的想幫助這個孩子，想知道他遭遇了什麼，所以他一點兒也沒發現自己往陌生的山林中走去，樹木越來越茂密，天色越來越暗，四周的動物叫聲似乎越來越近……

然後，他上了新聞，子女們滿山遍野的呼喚著，失蹤的父親。

第一章 敲鑼打鼓

『林姓老翁失蹤已經超過黃金四十八小時，至今依然下落不明，今天有靈界人士表示，此案恐怕又是魔神仔的作祟，只怕林姓老翁被帶到山中某處了，建議家屬使用民俗方式。』

鑲在牆上的螢幕裡播放著無聲新聞，便利商店裡的電視一向如此，播放但不出聲，也是爲了維持環境的清幽；厲心棠邊吃著即期蛋糕，一邊看著沸沸揚揚的新聞：有一個阿伯在自家附近的山林裡失蹤，而且那還是他散步幾十年的地方。

失蹤前也有其他人跟他聊過天，所以確信他必是在山裡，而且他提著袋子說要去鏟些野菜回家，熟悉的鄰人也都能指出他去的地方，警方甚至也找到鏟過菜的痕跡，但是——就是沒見到人。

那片山不小，但是人們活動範圍不大，幾乎是以步道及觀景台爲主，其餘地區當地人也熟，實在很難想像老人家能走到哪邊去。

警方找到了足印足跡，循著足跡探索，老人家的足印最終在林中一塊石頭邊停下，石塊旁甚至還有他遺留下的保溫瓶。

但腳印到那邊就停了，只有老人家從步道旁走下的足印，卻沒有他離開折返的足跡，老人家就像是走到這兒，坐在石頭上喝個水，然後呢？飛走了嗎？連一點點痕跡都找不著。

警方進行了大規模的搜山，整整三天，超過所謂的黃金四十八小時，就是連點兒蛛絲馬跡都沒有，老伯就像人間蒸發。

「啊……這個新聞最近天天在報，超玄的！」同事小剛正在結帳，準備交接，「找了好幾天，那座山也就這麼大，出動了好多人都沒找到哩！」

「每天走也會迷路啊……」厲心棠蹙著眉，「腳印的事也很怪！」

「這種在山裡常有傳說，應該是被魔神仔帶走了！」小剛說得很認眞，「他們會把人拐到深山中，但是當事者都不知道，以爲時間才過一下下而已，完全迷惑。」

「是喔！」魔神仔，厲心棠對這種鬼非常陌生，因爲從沒遇過。

她不是那種陰陽眼，但她家是開夜店的，名爲「百鬼夜行」，店如其名，整間夜店便是走詭譎風格，賓客只要妝扮成各種魍魎精怪就有優待，而店裡的服務人員全都打扮成妖魔鬼怪的模樣。

但就沒有「魔神仔」。

「對啊，但我記得他們不會害人，只是喜歡惡作劇，會把人誘進山裡……但是這個老伯都六十幾了，如果在山裡太多天，也會有危險吧？」小剛嘆了口氣，「魔神仔好像很喜歡找年紀大的人耶！是因爲老人家比較慈祥，會想照顧孫子嗎？」

「魔神仔是小孩嗎？」厲心棠好奇的問。

「大部分是以小孩形象出現，但也有人說只是身材矮小而已。」小剛聳了聳肩，「畢竟回來的人都不太記得了！」

「哦……」夜店裡沒有小孩子的亡靈或是妖怪，怕被人認爲是雇用未成年。就連她小時候在夜店裡，都不能隨便跑來跑去呢！

「好了，交接完畢。」小剛把現金收妥，「妳這週末有事嗎？」

「嗯？這周末？」厲心棠心裡暗叫不好，「我要上班。」

「我知道啊，妳大夜啊，白天呢？」小剛有點害羞的不敢看她，「我那天排休，早上要不要去……看個電影之類的？」

唉唷！厲心棠在心底哀嚎，她實在不知道該怎麼拒絕同事，小剛人很好，從她來這邊上班第一天起，便對她非常友善，也教她許多東西，但是……上次因爲某場意外後，他好像就對她有意思了。

他們之間鐵定有什麼誤會，或許小剛誤以爲她心儀他？也或許他本來就喜歡她？問題是……她沒有心動的感覺啊！

而且她如果眞的談戀愛的話，對方只怕要有強健的心臟跟體魄啊！

「我有事耶！」她輕快的回應著，必須佯裝啥都不知道。

「是喔……」小剛有點失望，「……約、約會嗎？」

好傢伙！提得好！「是啊！」她趕緊接話，如果說自己要去約會，是不是可以代表有男友了？

她不希望跟同事打壞關係，可也不希望他繼續存有幻想！

小剛果然沒再說話，輕喔了一聲，便往員工室裡走去，一直看見門關上，厲心棠就大大鬆了一口氣。

她喜歡這個同事，可僅止於朋友與職場間的喜歡，不是男女之情。

她現在也沒閒工夫談什麼感情吧！抓起手裡的蛋糕繼續吃，正前方的螢幕中果然持續報導魔神仔事件，她趕緊專注看著。

當地民眾開始燃放鞭炮，敲鑼打鼓，厲心棠留意到這不是歷史畫面，而是現場直播耶！

翻出手機偷瞄，值大夜的她一定是超過十一點，新聞裡這一票人過子時後在山上敲鑼打鼓，而且把黑暗的山裡照得燈火通明，下頭的字幕寫著「尋找親人，一邊驅趕魔神仔，一邊希望林姓老翁能聽見鞭炮聲」。

「哇喔！」她有點摸不著頭腦，「這麼好嚇還能叫鬼嗎？還是魔神仔不是鬼？」

這也算開眼界了，一般亡靈有沒有這麼膽小她不知道，但她之前遇過的厲鬼可是見一個殺一個的執著，區區鞭炮跟鑼聲怎麼可能嚇到他們啦！

好了！認眞工作吧，身爲大夜的她可是有許多東西要忙，要洗機器、上架，既忙碌又操，但她就熱愛這樣的工作，總比待在自家開的夜店好！

她不是討厭家裡開的店，只是從小到大都生活在一個地方，被太多的人關心著，她想要獨立啊！

「走囉！」小剛神色黯淡的走出，向她道別，「妳ＯＫ吧？」

她ＯＫ吧？厲心棠燦爛的揮手，她當然ＯＫ啊，只不過上次被水鬼追殺到店裡而已，區區小事他不必記得這麼清楚嘛！她又不是常常在出事的對吧！

「沒問題！路上小心！」禮貌的道別，小剛依舊黯淡神傷的下班。

上次的事，她已經鄭重謝過小剛了。

厲心棠挽起袖子，開始清洗機器，看著身後正在蓄水的洗手槽，上次洗東西洗到一半，水鬼竟然透過水，自水槽中竄出，將她拉進水裡，要不是小剛突然折返，她會變成活活溺死在洗手台裡的第一人吧！

但水鬼的事已經解決，她早就沒在怕了，最近也沒什麼是非啊……

「唉……就是這樣，有點無聊。」她嘆口氣，沒有遇到什麼魍魎鬼魅的委託，她也好一陣子沒見到闕擎了耶！

小剛人是眞的好，但是啊……看過闕擎那種神祕美的臉孔後，不知不覺中便會產生比較的啊！用個性相比，隨便一個路人甲絕對都比闕擎好，但她人生中遇到個性差的人太多了，闕擎根本小巫見大巫，因此她只能當個顏控了。

更何況，她從小到大都被俊男美女包圍啊！

鏘——一秒內，電視裡突然發出了分貝超大的敲鑼聲響，嚇得在用餐區吃宵夜的客人失聲尖叫，還有人都跳起來了！

「哇！」一群客人站起身，桌椅推撞聲此起彼落！

「咦！」厲心棠也驚慌回首，聽著那刺耳的聲音，趕緊找遙控器要將電視靜音，「對不起對不起！」

音量BAR在螢幕中顯現，客人們紛紛掩耳，看著音量越來越大，新聞聲音聽得一清二楚！

厲心棠二話不說，直接衝到電視邊，拔掉了插頭——啪！

螢幕斷電，剛剛的一切像是場災難，客人們驚魂未定，連厲心棠也狼狽的看著這莫名其妙失去控制的螢幕。

「我們……不看電視了好嗎？」她客氣的向客人解釋道歉，「對不起，電視可能故障了。」

「沒關係沒關係啦！」大家也知道不是她的因素，只是突然放大聲的電視讓大家嚇傻了。

再三致歉，客人重新坐回位子，有些飲料因爲驚嚇中被打翻，灑了一桌，厲心棠也趕緊幫大家清理，甚至再爲客人免費提供一樣的飲料，她賠。

好不容易清理好一切，她沒有回到洗手台邊繼續清洗機器，而是悄悄蹲下去，壓抑住瘋狂的心跳，因爲——店裡的電視根本沒有音箱啊！

那是哪來的聲音？而且剛剛她明明還聽見一個孩子的聲音，說著好吵喔……誰？

「不會吧？我不是容易被纏上的人啊！」她抓過手機想要找誰講些什麼，但又放了下來。

不能找家裡人，小事絕對變大事……

「找闕擎嗎……他才是容易被纏上的人，但他躲得這麼辛苦，我要是把事情推到他身上，他絕對會不爽！」厲心棠歪著頭自言自語，「而且我又還沒被纏上，不是啊……莫名其妙爲什麼會找上我？」

她倏而起身，瞪著斷電黑屏的電視螢幕，這是針對性的，還是亂槍打鳥，就看看誰聽得見呢？

腦子亂成一片漿糊之際，眼尾餘光赫見外頭彷彿站了一個小孩子。

不會吧……剛剛同事才提起，魔神仔都是小孩的模樣!?她看不清孩子的模樣，因爲那孩子穿著連帽外套，帽子戴起，所以看不見臉。

問題是現在都幾點了，爲什麼會有小孩子隻身在外？她專注的看著那孩子，想看看是不是過個幾秒，爸媽就出現了，可能還伴隨著嚷嚷，叫他不要亂跑之類的。

只是下一秒，孩子轉身跑離，厲心棠第一時間往監視器看去，已經不見男孩身影。

「冷靜，厲心棠，冷靜！」她說服著自己，「妳又不是特殊體質，這只是巧合啦，有的螢幕內建喇叭是正常的啊，明天還是報修再說！」

她轉身繼續洗她的機器，雖然深夜後店裡沒客人時可以試著把插頭插回，看看螢幕的狀況……但要試，她也會在白天試，又不是傻了！

接過麵線時，他就覺得不對勁了。

男子回頭瞥了一眼，紅外套的孩子非常明確的站在對街馬路上，直勾勾的盯著他。

要命，無緣無故爲什麼又有鬼纏上來？闕擎搖搖頭，決定繼續開無視，不要讓鬼知道自己看得見，就能萬無一失。

他轉身往飲料店走去，若無其事的張望，卻發現那個孩子隔著一條兩公尺的路，跟著他。

這太奇怪了，孩子不該有這樣強的觀察力，留意到他是看得見的人啊!?

在飲料店點完飲料，只得在一旁等待，他很常在深夜出來買宵夜，依照他輕易能看得見阿飄的體質，他早習慣開無視大法，只要不被嚇到，通常很少漏餡。

一般能感覺到他的都是比較狠戾的惡鬼，或是心有不甘的，這些亡者原本就易怒或是執念過深，習慣纏著人，一旦被嚇到，他輕易就會被發現見得著的體質……接下來就更慘，因爲那些好兄弟們會纏著他，無論是要他幫忙或是把他視爲敵人，哪種都不好。

躲藏二十餘年，在今年諸多不幸……或者幸運中，遇到了那個「百鬼夜行」的女孩。

衣角被扯了扯，這感覺明顯，闕擎兩眼發直的看著飲料店內工作的女孩，還以爲他在瞅她而紅了臉。

「外面那個男生很好看耶！」她悄悄的跟一旁的同事說著。

哪個？同事正在舀珍珠呢，偷瞄一眼，也哇了一聲，「眞的耶！五官好正！」

闕擎沒管這種連他都聽得見的「悄悄話」，他自帶神祕氣質的端正容顏向來極易引人注意，他試過戴眼鏡與帽兜，也都不一定能閃避，總之被人看比亡者留意的好，所以他也就無所謂。

皮相好看也有不少優惠，他不介意享受這些待遇，就像現在他杯裡的珍珠硬是比別人多了半匙。

他該在意的，是一直在扯他衣角、他還要假裝不知道的孩子。

那不是人，孩子身上散發著死亡的氣味，一點腐敗、還有一些恐懼，拉著他衣角的手指上甲面外掀，裡頭的肉黑發生蛆，露出的皮膚不多，但都呈現青紫瘢痕。

他是不該看得太仔細，但這孩子遭受意外身故的機率很大，孩子不該有過度的執念，找他做什麼？

而且整條街這麼多人，爲什麼偏偏揪著他不放咧？

「先生的珍奶！」為他煮飲料的女孩主動上前，刻意掠過了櫃檯，帶著羞赧的神情遞上飲料。

「謝謝。」他制式化的回應，接過珍奶轉身就走。

逕直把飲料塞進袋子裡也不多看一眼，因為經驗值告訴他，上面貼著標籤處，應該會寫有那女孩的聯繫資料。

加速腳步到巷子口，才準備騎上共享腳踏車之際，卻忽然感受到背脊發涼。他在後面嗎？闕擎緊緊握著龍頭，居然跟到這個地步？要是他就這樣騎回家了，那豈不是標準的引鬼入室，還要生活嗎？

默默深吸一口氣，死亡的氣味混著東山鴨頭的味道，怎樣都稱不上愉快的宵夜，幸好他還有二十次可以讓亡者們去「百鬼夜行」求助的機會——這是認識厲心棠唯一的好處，協助她一起完成亡者的委託後，就擁有可以把「百鬼夜行」的店名告知孤魂野鬼的權利，讓他們別找他麻煩。

那間赫赫有名的夜店啊，裡面的服務人員哪是裝神弄鬼？他們全是貨眞價實的妖魔鬼怪啊！

「我只是普通人，無法幫到你什麼，請去找寧靜街上的百鬼夜行。」他直視前方，佯裝喃喃自語，「裡面有諸多魍魎鬼魅，可以協助你。」

一隻腳踩在踏板上，他得等這孩子離開後再出發。

「闞……擎……」孩子的聲音非常沙啞，甚至啞到聽不出男女，「你是闞擎吧？」

聽得自己的名字，闞擎狠狠倒抽一口氣，爲什麼這個孩子會知道他的名字!?

「是吧，那個姐姐說闞擎才會這些！」孩子用力扯著他的衣服，「眞的太吵了，我想要找地方休息！」

「關我什麼事！」闞擎握著龍頭的手都要冒青筋，哪個姐姐啊？爲什麼他只想到一個！「你去找百鬼夜行就沒錯！」

背後的衣服始終被揪著，一人一鬼一車就這麼在川流不息的馬路邊僵持著，闞擎眉間都皺出深溝了，他的宵夜快要涼了，爲什麼大半夜他得僵在這裡？

「我載你過去。」萬般無奈之下，他只能這麼說。

「謝謝！」後頭的聲音輕快得不得了。

唉！反正現在的他也眞的不敢騎回家，絕對不能讓亡者知道他家的路，即使他家貼滿了符咒，但他可不想在外面讓狗兒吹狗擂一晚，或是敲窗敲整夜，他一樣會被搞到精神崩潰。

都沒有一個人願意換個立場想想，看得見亡者已經很痛苦了，爲什麼還莫名其妙多了要幫他們解決事情的義務？他不願意啊！

但是現在這孩子纏上了他，在不能載著他回家的前提下，也只能硬著頭皮前往「百鬼夜行」了。

從大路右轉後進入寧靜街，就可以看到這與街道名完全相反的地方，越夜越美麗，完全不寧靜的夜店街道上，到處都是繁華的ＰＵＢ，而位在街尾那路衝的位置，就是棟如中世紀城堡般的建築：「百鬼夜行」。

身為寧靜街最知名的夜店是一棟三層樓的透天厝，表面用木板裝潢成古堡模樣，整整三樓的牆面上有許多詭異的雕像，囊括各類妖魔鬼怪，中間也有設置凸出的橫桿，上頭是倒掛蝙蝠的雕像。

整棟樓閃爍著陰森的光芒，大門還是張血盆大口的形狀，上方是染血的尖牙，而這大嘴上頭，掛著的卻是中國風的破敗牌匾，清楚的寫著「百鬼夜行」四個大字。

毫無扮裝、騎著腳踏車，看起來連外送都不是的他，停在「百鬼夜行」門口時，呈現一種另類的醒目；夜店門前紅毯區一整排等待入場的扮裝人們，無不對他投以奇怪的目光。

「就這裡。」他連下車都懶，正對著門口說著。

「百鬼夜行」的門口是一張帶有長獠牙的血盆大口，門口有著數道閘門，可供刷購票條碼進入。

大門的彪形大漢自黑暗中上前，他們西裝筆挺看上去卻魁梧嚇人，但卻是認得闕擎的。

身後的孩子沒下車的意思，他回過頭，果然看見孩子不但好好的坐在他車後，還縮成一團的恐懼著。

「別鬧了，大家都是鬼，你怕什麼？」闕擎簡直無言，這也太難纏了吧！

但孩子卻依然瑟縮在他身後，闕擎眞的是無力極了，最終只得下車，架好車後逕自走向保鑣。

這魁梧壯碩的保鑣自然也非人類，看見了他身後的影子。

「他未成年。」保鑣嚴肅的蹙眉。

闕擎簡直想翻白眼，「你認眞的嗎？」

現在是在討論一個小鬼成年未成年的事嗎？搞不好他已經死了幾百年，成年透了！他還得叫聲阿公咧！

保鑣思索幾秒，側了身子，「你把車子牽進來吧！」

「讓他進去就好了，我不進去了。」他並不想碰觸孩子，「你進去。」

結果他的外套被揪得更緊，那個孩子巴不得揉進他身體裡躲著似的，最後是保鑣親自走出，替他把腳踏車往裡面牽；另一側紅毯上等待的人們果真起了騷動，爲什麼那個沒裝扮成鬼的人可以先進去？

「VVIP！」保鑣大聲喊著，就知道這些人類一定會說話，「VVIP。」

「咦？」人群咦了好大聲，原來是因爲這樣才連裝扮都懶啊！人家都超級貴賓了，哪需要爲了第一輪免費的酒裝扮呢？

孩子拉著闕擎不放手，他只得上前拿過腳踏車上的宵夜，萬般無奈的走進「百鬼夜行」。

「歡迎光臨百鬼……唷！」花美男小正太穿得一身燕尾服，燦爛的笑容登時凝結在嘴角，「你這時候來已經很奇怪了，還帶了一個未成年的啊？」

闕擎沒好氣的看著他，「你看起來也未成年！十七？十八？」

「唉呀！開什麼玩笑！」正太咯咯笑了起來，雖然他在血族裡是年輕輩的，但也有幾百歲了嘛！

「是你在跟我開玩笑，這模樣只能代表他死的時候是個孩子，還未成年咧……」闕擎主動伸出右手，「他不敢進去，我帶他進去後就出來。」

正太即刻從身邊的籃子取出一個金色手環，好整以暇的套在闕擎的右腕上，接著笑吟吟的彎身看向孩子。

「嗨，這裡是百鬼夜行夜店，進入這裡一定要戴身分識別手環喔，」正太眨了眼，「否則，就代表你是可以被……撕開的喔！」

唔……孩子嚇得趕緊也舉起右手，正太嘖嘖搖搖手指，另一隻手。

此時此刻，另一位接待員開心的從金色屛風裡走了出來，「歡迎光臨——哇！你有孩子了？」

他詫異的看著闕擎，再看向孩子，兩秒後搖了搖頭，不對，這是鬼。

「左手，人是右手，鬼是左手。」闕擎懶得理他，低頭告訴孩子，「你應該知道自己死了吧？」

孩子抬起頭，點了兩下頭才默默伸出左手，正太將銀色手環輕輕扣上。

「進入百鬼夜行後，所有人都看得見彼此，在人類眼中他就是未成年，未成年不能進出夜店的，我們必須給他一個身分。」正太溫柔的說著，回頭瞅了同伴，「去找經理。」

屛風邊一隻青面獠牙的青面鬼即刻旋身，他們必須請示經理才可以。

正太後面是一面大屛風，進入「百鬼夜行」的客人可從屛風兩邊進入夜店裡，此時有許多矮小的青面鬼正在打量著他，因爲在夜店工作這麼久，沒看過這麼小的亡者到這兒來。

皮鞋聲清脆的響起，纖細的女人穿著亙古不變的黑色西裝，長馬尾依舊及地，從容冷靜的從屏風後走出。

她沒有浮誇的神情，朝闕擎微笑，再看向孩子。

「就說是我的親戚吧，工作人員的外甥，不得不暫時寄放，所以這孩子不能在舞池或包廂。」店經理交代著，「二樓今天有食人鬼，也不適合待，你們只能上三樓。」

「我放下他就走。」闕擎再三重申。

經理只是勾起一抹笑，瞧孩子揪著闕擎衣服的模樣，真這麼容易甩下，應該也不會一路到這裡來吧？

「您好，我叫拉彌亞，是這間店的店經理。」拉彌亞禮貌的蹲下身，與孩子交談，「要怎麼叫你比較合適呢？」

孩子帽兜下的頭略抬，戒慎恐懼的看著眼前中性美的女人。

「我……是……」他歪了頭，頓了一頓，「魔神仔。」

第二章 尋找失蹤者

「百鬼夜行」是一棟三層樓的建築，一、二樓都是ＰＵＢ，接待不同「族類」的客人，一樓是人類，二樓人類以外的生物，不管是亡靈厲鬼妖魔精怪，只要左手戴著銀色手環，就是直抵二樓。

雖然闕擎不認爲他們會穿過一樓舞池、再從舞台旁的樓梯上去，因爲太多人類深具誘惑，這擺明是讓餓虎穿過羊群，不出事才怪！

自然，「百鬼夜行」有其店規，無論是誰，都不許在「百鬼夜行」裡造次、不能傷害人類、不能獵捕、不能打架，就連世仇也一樣……例如，吸血鬼與狼人，在這兒也必須和平相處。

闕擎從屏風後進入一樓，裡頭自然是震耳欲聾的音樂，兩層樓佈置都差不多，中央是舞池，有不少立著的高腳桌，讓大家在那兒聊天喝酒，而圍繞著舞池的邊緣均是包廂，只要不做販毒與色情交易，「百鬼夜行」不會干涉。

所以闕擎沿著包廂從邊緣繞行，屏風入口與上樓的樓梯恰成斜對角，後頭跟著一個未成年絕對引人注意，於是店經理拉彌亞便跟在他身後，至少能及時向客人們解釋。

闕擎朝正前方的舞台上瞥了眼，上頭的ＤＪ正瘋狂的帶HIGH氣氛，但今天不是之前看到的魁梧狼人。

「狼人不在啊？」闕擎打趣的問。

畢竟快進入樓梯時，必定會經過七彩繽紛的透明水晶吧台，吧台邊滿滿的都是人，因爲「百鬼夜行」最著名的Bartender，可是一位俊美非常的外國人，金髮碧眼扮相的吸血鬼。

他就是一副吸血鬼扮相，貴族服飾，優雅得體，舉手投足都迷惑眾生……但是他才沒有裝扮，他就是貨眞價實的吸血鬼！之前店裡最有名的狼人ＤＪ也沒扮，眞實狼人一枚，他親眼看過他們在店裡劍拔弩張，卻隱忍不敢造次的有趣場面。

「你很想見到他嗎？」德古拉睨了他一眼，眼神旋即往下瞟，即使吧台的高度讓他看不見其下的孩子，但他還是嗅出死靈的氣味了，「這時候來已經很稀奇了，還帶人啊！」

一言難盡，闕擎隨意擺擺手往舞台邊的樓梯走去，拉彌亞緊跟其後，因爲二樓都是非人的聚集地，活人上二樓會非～常受到注意，今晚的客人更不乏以人類靈魂爲食的魔類，小孩的靈魂又是可口度相當高的美食……

闕擎屏氣凝神，前不久他才上過三樓，但那是閉店後的「百鬼夜行」，絕對不是……天哪！他還沒踏上二樓渾身就已汗毛直豎，這上面都是些什麼!?

裡頭果然走出幾個嗅覺敏銳的魔物，闕擎完全不敢正眼瞧去，只是專注低頭看著階梯，快步往上走去。

「怎麼出來了？裡頭服務不週到嗎？」拉彌亞在後面沉穩的開口，就是要讓他們知道她人在這兒。

幾個魔物陪笑，自鼻孔裡哼氣，貪婪的望著上樓的一人一小鬼，紛紛嚥了口口水。

三樓有許多房間，闕擎站在樓梯口，他上次進入的是尾端向左轉的小房間，其他房他都不熟。

「這裡請。」拉彌亞一上樓就掠過他身邊，走到右邊第三間門前，直接推開了門，「咦？阿天？你在啊！」

闕擎站到門口時，看見電視前有個男孩正回頭望著他們……嚴格說起來，他是一雙眼睛咻地繞到後腦杓瞅著他們，眨了兩下眼睛後，眼珠子又滑回前頭，繼續看電視。

「換一間房間吧。」拉彌亞說著，「阿天，你離開。」

「嗄？」闕擎一時反應不及，是叫那個男孩走嗎？「不必吧，都是孩子，兩個人玩在一起應該……」

「請坐。」電視男孩淡淡說著，電視在沒遙控器的前提下自動換台。

拉彌亞回身看向闞肈身後的孩子，輕輕笑著，「在這裡你不必怕，除了闞肈跟等等回來的女孩外，其他都不是人。」

魔神仔點了點頭，「我知道，我看過那個姐姐。」

忍住！闞肈下意識緊緊握拳，「該不會是那個姐姐告訴你……來找我之類的吧？」

一秒都沒遲疑，魔神仔用力再點了個頭。

闞肈倒抽了一口氣，萬分不爽的看向拉彌亞，「我說——」

「那是你跟棠棠的事，別扯我，我什麼都不知道。」拉彌亞超快把鍋甩掉，「你就在這裡休息吧，等棠棠回家。」

「等——等她!?喂，現在才一點，她大夜下班天都亮了！」闞肈立即要追著拉彌亞出去，但褲管旋即被扯住……「你放手，別找我啊！」

男孩抬起頭，闞肈總算略微看見他的下半臉，小臉髒兮兮的，依舊有許多傷痕與瘀青。

「餓的話直接空中點餐就可以了，飢餓鬼隨時都在。」拉彌亞禮貌的行禮，「請好好待在三樓。」

語畢，她即刻將門帶上。

闕擎說不出話，他看著門、再回頭看著拉著他褲角的孩子，再看向電視男孩，一整晚都被強大的無力感襲擊，他明白自己天亮前無法輕易離開這裡了。

「你為什麼要找我麻煩？」他回身，拉開椅子便坐下。

房間不過兩坪大小，一張正方型麻將桌在中間，其他都是沙發跟電視，還有一整面櫃子的零食。

「好吵！」魔神仔居然還敢嫌他吵，爬上了椅子。

「我沒嫌你吵，你還敢嘴？」闕擎覺得荒唐，「我們素不相識，你這樣纏著我想做什麼？我什麼都不會啊！」

把手中的宵夜拿上桌，他真不想承認早有心理準備，才將宵夜帶來；電視男孩驀地回頭，這次是真的正常回頭，渴望的看著他帶來的宵夜，甚至起身從他的椅子跳到闕擎右手邊的椅子上。

「這間店裡多的是食物，別跟我搶。」闕擎非常客氣的說道，「飢餓鬼不是都在？」

「布丁？」電視男孩動手想撥弄他的塑膠袋，闕擎即刻防備。

「沒有布丁。」他略微蹙眉，布丁？好像聽厲心棠提過這個人啊……阿天！

一聽到沒有布丁，電視男孩一秒跳回自己的椅子，再換了一台節目，恰好跳到新聞台，新聞裡播報著依然這幾天最火熱的失蹤老者案，一點多的深夜，山裡頭依舊熱鬧非凡，滿山遍野亮著燈，打算敲鑼打鼓到天明！

一時間，左手邊的魔神仔摀起了耳朵，下巴扣在牌桌上的嫌吵。

啊啊……叉著甜不辣的闕擎領會，這孩子不是在嫌他吵，他是被那些鑼聲吵下山的嗎？

電視男孩此時也向左轉來，看著魔神仔。

「他們很吵嗎？」闕擎漫不經心的問著。

魔神仔可憐兮兮的點著頭，「吵死了！」

「那……」闕擎頓了一頓，「那個老伯伯呢？你帶走的嗎？」

事情會鬧成這樣，就是因爲失蹤的老人啊！

魔神仔遲疑了幾秒，「在山裡。」

闕擎並不意外，山裡的靈太多了，每年在山裡失蹤的人，最終也是成爲裡面的一份子。

「爲什麼帶他走？老人家歲數大了，這麼多天沒吃東西，身體會撐不住的。」

雖然他不在乎那個老人的事，但他得想辦法甩掉這個魔神仔！

如果他是被這些熱鬧吵下山的，那就得解決這些敲鑼打鼓的人，再把他送回去啊！而這些人何以要在半夜敲鑼打鼓？就是爲了找到老人啊！

魔神仔突然揚起笑容，那是明顯的冷笑，闕擎瞬間打了個寒顫。

「放心，他有東西吃的！」魔神仔抬起頭，一臉得意，「而且不是我帶走他的。」

「噢，因爲大家都說是魔神仔……」闕擎避開了孩子的眼神，再怎麼像孩子，他依舊不是人，他差點忘了。

在剛剛那抹令人汗毛直豎的笑容前，他眞的快忘了。

「魔神仔很多個。」孩子聳了聳肩，「到處都是啊！」

到處都是……闕擎聽見答案，還是覺得不大舒服，是啊，沒人規定一座山只會有一個魔神仔。

「他們這樣做，是爲了把魔神仔嚇跑，這樣就能找到失蹤的老人家。」闕擎從另一個角度提醒，「所以找到老人家，他們就會停止這個動作。」

魔神仔緩緩點著頭，看上去有十歲了，該是聽得懂人話的年紀了。

「殺掉嗎？」電視男孩突然問了令人不安的問題。

闕擎不知道電視男孩是什麼東西，戒愼恐懼，在他眼裡是個普通的孩子，但……眼球可以自由移動的人，保證不普通。

「不殺！」魔神仔搖了搖頭，「我們不殺人的！」

是了，傳說中的魔神仔彷彿喜歡惡作劇似的，把人帶到山裡，引領迷路而已，並不是有仇的厲鬼或是邪惡的惡鬼，以嗜血殺人爲目的。

但是，在山裡久了，一旦虛弱也是有生命危險的不是嗎？

「那能把老人帶回來嗎？」闕擘指指電視新聞，「這樣就安靜了。」

魔神仔看著新聞，嘴角還是略勾了一個小弧度，看起來很滿足的模樣，「我要問問其他人。」

「好，現在問嗎？」闕擘積極得很，這代表他可以走了。

「好累，太吵了。」結果魔神仔二話不說，直接像孩子般趴在桌上，要午睡似的。

因爲趴下，可以看見紅色的運動外套沾滿泥土相當髒汙，伸出來的一雙手瘀痕處處，這個孩子生前受了很多罪，露出來的地方不多，闕擘卻看不到一處好地。

但很遺憾的，世界上可憐的人太多，是同情不完的，他能做的，只是獨善其身。

不管眞假，魔神仔就是趴在桌上呼呼大睡，電視男孩也很配合的將電視調到靜音，在闕擎低頭啃鴨頭的某個瞬間，電視突然關機，男孩也不見了。

他並不意外，默默的重新打開電視，宵夜吃畢後，只能就著沙發暫時休息。沙發與魔神仔的位子平行，躺著的他一睜眼向旁瞧去，就可以看見趴在桌上的男孩……他竟會與鬼在同一個空間裡睡覺，這情況眞的是鬼才睡得著了。

冬日的清晨溫度相當低，山裡更是寒意陣陣，闕擎忍不住縮起頸子，昨夜沒睡，今天一早就出發到這小鎮的他眞的是太勤勞了！

「暖暖包。」身旁遞來暖暖包，闕擎完全沒有猶豫的接收。

厲心棠開心的笑了起來，她覺得闕擎已經沒有過去那麼容易拒人於千里之外了！

今天上午六點，鐘聲敲了六響，「百鬼夜行」正式關門休息；七點鐘，大夜的厲心棠一下班，直接就衝回「百鬼夜行」與魔神仔見面；再半小時後，他們便離開了夜店，前往現在新聞焦點的神祈鎭。

魔神仔蹦蹦跳跳的跑在前方，突然在一間民房裡停下，指了指裡面。

厲心棠跟上前去，透天厝前都有院子，一路走來大門均是敞開，鄰里都熟的地方。

「嗨！您好！」厲心棠在門口喊著。

有個女人剛好在院子裡走動，回頭看向她，「妳好！怎麼了？」

她正在晾衣服，朝厲心棠招了招手。

「我想請問，要去神祈山從哪邊走？就是昨天新聞裡，集合準備上山敲鑼的地方？」厲心棠禮貌的進入。

女人愣了一下，上下打量她，「啊看熱鬧喔？」

「不是啦！我跟他……想來幫忙找老伯！」厲心棠說得也沒錯，只是她全身上下都不像救難人員。

「哎呀，這麼好心喔！歹勢，我以爲妳來打卡的，這不是網美點捏！」阿姨放下衣服，指了個方向，「我等等也要去看看啦，妳從這邊直直走，第一個馬路後右轉，就會看到很多人了！」

「喔……好！謝謝！」

「沒騎車要走一小段喔！」阿姨還提醒著！

「沒關係的！」厲心棠再三道謝，匆匆走了。

阿姨說的一段路還眞遠，他們大概走了快半小時才到，果然看見了許多人聚集在某地，而且大家正在發放早餐，熱鬧非凡。

「只要把阿公找到，你就可以恢復安靜了。」厲心棠愉快的對闕擎身邊說著，現在她是沒看見魔神仔，但他一直都跟在闕擎旁邊啊！

她是一個普通沒有什麼陰陽眼的人類，除非亡靈想讓她看見，否則她就是一般人。

魔神仔沒有反應，只是下意識退後一步，想躲到他們身後去。

闕擎與厲心棠因爲孽緣所以認識，因爲他看得見所以被迫幫忙，當然關鍵是可以擁有把鬼丟到「百鬼夜行」處理困難的權利，否則他躲都來不及了，何必惹一身腥！

「百鬼夜行」裡頭的幾乎不是人類，夜店除了調停、或是幫助某些鬼跟地獄談條件，幾乎不插手人界事務。

諸如厲鬼屠殺、惡鬼作祟，或是許多亡靈意圖復仇、或想追查自己的死因之類的，「百鬼夜行」的從上到下絕不插手；因爲人類太複雜也太麻煩，他們按自然法則走就好。

但，這間夜店唯一的活人成員，卻很愛管這件事，因爲在厲心棠的思想裡，沒人關心的亡魂更可憐，甚至還認眞的想要經營這份事業！

而因爲厲心棠是人類，所以不算違反店規。

早上與魔神仔一番「促膝長談」，魔神仔只是表示他不喜歡那些吵死人的聲音與人，逼不得已下山找人幫忙，所以積極的厲心棠立即聯繫了在警局的「朋友」，說想到現場來一趟，或許有機會幫忙找到失蹤老人。

不過，闕擎覺得這傢伙心思才沒那麼單純。

「請不要接額外的業務。」他邊走，一邊瞄向厲心棠，「他可沒提過要探究生前的事。」

厲心棠一臉被說中的心虛，俏麗的臉笑得不自然，「我、我又沒有……」

可是那個魔神仔看起來很可憐啊！她忍不住在心裡咕噥，山中的「魔神仔」可是赫赫有名，她今天得見盧山眞面目，發現到魔神仔不只是身材矮小，那根本就眞的是個男孩。

看上去是小學生年紀，還不到高年級的稚氣，臉色慘白，但整張臉均是青紫黑色，全是瘀青，致命傷在右額的凹陷，頭骨並不平整，那兒的頭骨不僅被砸凹，破片還進了腦子，隱約可以想像這孩子生前的遭遇。

他們來到神祈鎭，附近這座海拔不過三百公尺的便是神祈山了，現下不少村民都聚集在這裡，熱鬧得像是聚會，數名警察也在這兒巡邏，徹夜未眠的盡顯疲態。

有人看見了從步道走上的他們兩個，自然蹙眉覺得奇怪，這時候還有外地人來這兒啊？

「您好！早安！」厲心棠還熱情的一一打招呼。

闕擎早已戴起口罩頷首致意，他不喜歡與人有交集。

不遠處一名年輕警察立即朝他們走了過來，還認真的打量了厲心棠一眼。

「是……百鬼夜行的厲小姐嗎？」他口吻裡帶著點驚訝。

「是是！我是耶……」厲心棠熱情回應，接著左顧右盼，「不過我找阿忠……」

「流感，他不能出來，但是他傳訊息給我，由我協助你們。」警察有點遲疑，「我還以為是老闆之類的，沒想到是……學生嗎？」

「啊……嗯！」厲心棠敷衍著，她算大學生年紀吧，因為她從沒上過學，她都是在家自學。

開什麼玩笑，「百鬼夜行」裡什麼族類都有，隨便一個吸血鬼都活幾千年了，上知天文下知地理，她各國文化歷史都熟悉，還順便學習多國語言呢，所以叔叔說不需要上學。

「所以你明白……你要做什麼嗎？」闕擎打斷了年輕警察的注視，他看厲心棠看得太久了，「阿忠是否有交代嗎？」

畢竟「百鬼夜行」在各轄區裡均有養「人」，類似線人的存在，讓他們做事方便的，這樣的事怎麼能輕易轉交給不知情的人？

「噢，有，阿忠說你們有線索，我們互相幫忙。」警察略挑了眉，「我明白他的意思，就是……低調行事。」

厲心棠心裡有些不安，畢竟不是常接頭的人，「……嗯！就麻煩你了。」

看來只能低調再低調，他們養的人多半都是受過「百鬼夜行」幫助的人，所以對於鬼怪之事有一定承受度，但一般人可不一樣啊。

「我叫李政然，阿忠只說妳是厲小姐，那這位是……」他看向了闕擎。

「我叫厲心棠，他是……阿擎。」厲心棠隨意說著，「我們可以走走嗎？就走阿公可能的路徑？」

李政然猶疑了一會兒，回頭看向現場，「那我得跟著，如果你們再失蹤，我們扛不起……等我一下，我去報告。」

「喂——」厲心棠緊張的拉住他，「我們可能有線索的事不能對外說。」

「我懂。」李政然識時務的點點頭，「低調。」

厲心棠放不下心也沒辦法，一邊抱怨著阿忠，其實如果生病可以說一聲的，讓不熟悉的人當聯絡人很不穩當。

「妳放輕鬆，別一臉做賊心虛的樣子。」闕擎倒是泰然自若，「妳越緊張，越表現出有什麼，反而更引人懷疑。」

「哪這麼容易？如果直接找到失蹤的阿伯這不奇怪嗎？我們不能曝光，也不能搞得好像我們早知道阿伯在哪裡一樣！」厲心棠蹲下身子，對著闕擎腳邊說話，「等等帶我們去找阿公時，我們可能會假裝繞路，不是故意無視你喔！」

闕擎低下頭，看著對著自己大腿說話的厲心棠，再看向明明站在她身後的男孩，兩個只能聳肩……她看不見，原諒她吧。

一分鐘後李政然就回來了，他向上司報告有人想來協尋，現在這情況是無論什麼人都能試試看。

他們從一堆鎮民中走過，可以看得出幾乎是老年人的社會，年輕人甚少，這是現在社會的縮影，年輕人都到大城市去工作了，留在家鄉的人少之又少。

「昨天有好幾撥人來過了，有廟宇的、也有陰陽眼的，都說作法試試，反正都是個希望。」李政然帶著他們往上走，目前這段都是沿著步道行走，「每個人說的方向都不太一樣，但是都說林伯還活著。」

「林伯……你們很熟嗎？」闕擎突然出聲，「抱歉，我只是覺得你跟鄰里似乎都很熟！」

「啊……我以前在這裡生活過，最近才調回來，是認識一些人。」李政然自然的回覆著。

哦，那就難怪了！

今天天氣並不好，山頭雲霧繚繞，天色甚陰，形成一種陰鬱之感，這裡頭到底有多少孤魂野鬼？

不安感籠罩全身，闕擎放在口袋中的手益發冰冷，絕大部分不是因爲氣溫的緣故。

不該進去，他全身都在抗拒進入這座山！山裡水邊對他而言都是鬼地方，這些沒事就不該涉足！運勢低、身體不佳的時候，睜眼所見那眞的是滿山遍野啊！尤其……死相都不是太好看，要開無視都有困難。

下意識的，他止住了腳步。

嗯？厲心棠沒聽見腳步聲立即跟著停下，回頭看向闕擎，她以爲是魔神仔發了什麼話。

「要往哪兒走？」現在這兩旁都沒鋪石塊，要從這兒往山裡去了嗎？

「我不想進去。」闕擎說得乾脆俐落，「山裡進不得。」

李政然聞聲回首，皺著眉看著這對奇怪男女。他不是傻子，阿忠學長交代的事他明白，這裡大家多半都跟各個道上維持平衡關係，世界上有光便有暗，平衡才是王道。

魔神仔依然戴著帽兜，他甚至站在李政然前方，回頭望著他們時卻是面無表情。

「欸，可是……」厲心棠完全明白闕擎的心態，「裡面很可怕嗎？」

闕擎點了點頭，「我站在這裡就覺得寒意陣陣，這裡頭太陰了。」

厲心棠回頭看著眼前的山景雲霧，在她眼裡，就是天色不好而已，而且可能等等會下雨吧？

「我知道山裡不會平靜，但是今天是要找到林伯伯。」她用拜託的語氣說，「如果我可以看得到魔神仔的話，我就不會麻煩你……」

「是嗎？」闕擎直接挑高了眉。

「不是。」厲心棠非常認分的哎了聲，「叔叔說過，我們不惹事不犯人，一般亡者不會對我們怎樣的，不然每天登山的人這麼多，豈不是完蛋。」

唉，闕擎重重嘆了口氣，「磁場不同，小姐……」

他越過她、越過警察、看著魔神仔，上一次踏進山裡是什麼時候？他滿滿的壞預感當頭。

進？不進？他才在遲疑，那紅色運動外套的身影突然背過身去，跑走了。

「……喂！」闕擎愣住了，魔神仔說跑就跑，連通知都沒有的，「等等！」

「什麼？」李政然怔在原地，他一直都在這裡啊！

闕擎二話不說直接往前衝，厲心棠也沒有猶豫的追上，她明白一定是魔神仔行動了，直接跟在闕擎身後狂奔！

唯有李政然呆站原地，他完全不知道發生什麼事，只知道這兩個人突然在步道上奔跑，一路往前！昨晚下雨後清晨露水又重，這些步道相當濕滑，眼前又是一段上坡路，這兩個人這樣跑太危險！

「喂，路滑！別跑！」他急起直追，這裡他走幾百遍了！這段上坡後就是一大段往下的階梯，步道的階梯可不是一般樓梯間的工整啊！

但是李政然不知道的事，才一下坡，魔神仔瞬間朝左方離開步道，足不點地似的往樹林裡飄移進去，闕擎與厲心棠也只能小心的追去，那段陡坡又濕又滑，他們眞的是一踏上泥土地就往下衝，幸好這段有許多樹木製造阻力，他們全身被刮得亂七八糟沒關係，至少不會滾落便是。

「哇喔喔喔喔……」

到了平地，厲心棠完完全全煞不住車，足尖還絆到樹根，直接往前來個飛撲！才剛平衡好的闕擎回首大步一邁，眼明手快的趕緊接住她，省得她跌個狗吃屎。

畢竟在這滿地樹根石塊的地方，要是正面落地鐵定淒慘……一旦見血，他可不知道又會引來什麼不必要的麻煩。

厲心棠整個人撲進闕擎懷裡的，雙手慌張的巴住他的肩膀，腳根本站不穩，整個人只能掛在他身上，全靠他圈著她的身體。

「站好！腳先站穩。」頸子被摟得很疼，「快點！妳很重！」

「好啦好啦……」厲心棠只能撐著他站穩，驚魂未定的回首看著他們一路滑衝下來的土坡，「好滑的路喔！謝謝你幫我！」

「我是為了自己。」闕擎倒不諱言，「妳受傷我扛不起責任！」

一屋子妖魔鬼怪，他不但死無全屍，只怕連靈魂都被吞了！厲心棠其實不太喜歡闕擎如此說，她當然知道整個「百鬼夜行」的大家都疼愛她，要是她有個萬一，闕擎真的會很慘……

但是，他為什麼就不能說是真的擔心她安危呢？

他們現在已經在山中，厲心棠正在張望，赫見一點鐘方向的紅色身影，吃驚的張大了嘴。

「我眼花嗎？魔神仔在那邊!?」手一指，準確的指向魔神仔的方向。

闕擎看著她指認無誤，心裡只能暗叫不好，「妳看見了……」

「他讓我看見的嗎？」她有點開心，表示魔神仔比較相信她了嗎？

「不，是這裡陰氣太重了。」闕擎沉著聲，「提高警覺吧！」

他輕輕推了她往前，既然看得見魔神仔了，就跟著魔神仔走，由他殿後比較妥當。

厲心棠告訴自己平常心，但從地上拾起了斷裂的樹枝，以防萬一，「嘿，說好要帶我們去找阿伯的喔！」

站在前方等他們的魔神仔點點頭，闕擎從口袋裡拿出小刀，準備沿路作記號，避免他們也成為被魔神仔帶走的一員。

「我們是人，麻煩走好走一點的路。」闕擎高聲喊著，魔神仔蹙起眉，好像很困惑。

霧氣比外頭更重，濕氣令人不快，闕擎因為呼吸不順卻取下口罩，但空氣中彷彿瀰漫著腐敗的氣味。

總是有劈啪聲從各個方向傳來，連厲心棠也都能聽見，一下是左方好像有人踩到了落葉，一會兒聲音又像是從後方來，搞得她草木皆兵。

厲心棠漸漸的覺得不對勁，她開始發顫，她是能感受到亡者情緒的人，這深山裡的亡魂太多，待得越久，她越能「感同身受」。

「我現在……」她停下腳步，「我又害怕，又痛恨，又想哭！」還有一種生不如死的悲哀。

闕擎上前，拉過了她的手。

「保持理智啊，那些都是山裡亡靈的感情……如果是在山中迷路的人，都會有這樣的情緒！」他平靜的說著，不想引起一絲一毫的慌亂。

厲心棠深呼吸，但是一邊走，淚水不聽使喚的一直掉，她甚至不知道爲什麼，但就是害怕到想哭。

「我們……好像越走越遠了。」她抽抽噎噎的說著，天色越來越黑，「上午十點黑成這樣，再下去都要生火了。」

「或許，越來越靠近阿伯了。」闕擎沉著聲，厲心棠可能被情緒感染影響，沒留意到每一次的劈啪聲，都距離他們越來越近。

也因爲天色暗下，厲心棠幾乎要看不見魔神仔那本該顯眼的紅色外套，猶豫著要不要拿出手機，但她覺得在這裡亮出手電筒，跟在滿是野獸的戶外生火是一樣的道理：找死。

「你還看得見嗎？我看不見魔神仔了。」她輕聲問著闕擎。

「看得見，直走就是。」豈止看得見！連他們四周在樹上移動的影子，也都捕捉得一清二楚。

『嘻……』

有「人」跟著他們，吱吱喳喳、窸窸窣窣，是不是魔神仔口中的其他魔神仔？

笑聲驀地從樹上傳來，厲心棠嚇得止步，即刻往右上方看過去，但僅僅一秒，頭就被闕擎扳正，直視前方。

「妳是怕看不清楚嗎？還敢看？」他不客氣的壓著她的肩往前推，「是誰說從容不迫的？」

「這時候還從容得了啊！」她終於意識到，四周那些沙沙聲不是風，是有東西掠過，「這是陷阱嗎？」

闕擎搖了搖頭，「我希望下一次，妳可以在進來前先問這個問題？」

「我是很信任魔神仔耶！」她咬了咬唇，沒關係，對！沒關係。

她沒有很擔心是因為如果這裡滿山遍野都是鬼的話，她可以報出「百鬼夜行」的名號，叔叔說過，「百鬼夜行」的名號在非人的世界中可是響噹噹的。

『來！一起玩好不好！』左邊遠方有影子朝他們跑過來，『大姐姐，這邊喔！』

「朝左邊，十一點鐘方向。」闕擎深呼吸一口氣，「魔神仔，我們快要看不見你了！」

是啊，天色黑成這樣不尋常，厲心棠又不敢拿手電筒出來照，而且上方的枝椏顫動得厲害，想往上看去總被闕擎阻止……是啊，有多少人在這無路的山裡走著時，留意腳下都來不及了，哪有可能朝上瞧呢？

劈里啪啦，樹葉抖落一地，厲心棠與闕擎戛然止步，正上方明顯的傳來聲音，下秒一個影子倏地從上方倒立而下，直接貼在厲心棠面前！

『一起玩吧！』

她分不清是男是女，因爲那是一張面目全非的臉，只知道看上去是個孩子！

「哇呀！」厲心棠嚇得直接往後踉蹌，背貼著闕擎兩個人一路往後，但倒吊的孩子沒閒著，他咧開大嘴，裡頭缺牙漏齒的，但殘餘的牙卻尖銳得嚇人！

他雙膝勾著樹枝，甚至借力使力打算朝厲心棠這邊盪過來。

闕擎扯著她往左偏去，試圖閃躲那個意圖朝他們撲來的小鬼，但才一往左邊瞟去，剛剛一直潛行跟蹤他們的影子，突然從樹木後竄出！

『跟我玩！』一隻殘肉臢骨的小手二話不說抓住了厲心棠的外套，力大無窮的往樹幹方向拽去。

同一時間，上方的魔神仔雙腳離開了樹枝，正面朝闕擎撲上來了！他的目標是要抱住他的頭！

開什麼玩笑啦！闕擎只能先顧自己，立即蹲下身子，但左手也沒有鬆開厲心棠與左邊的黑影展開拉鋸。

但更快的一股風壓自正面襲來，紅外套的魔神仔男孩折返殺回，瞬間把要撲上闕擎的小鬼踢飛，再順勢躍過厲心棠的右肩頭，完美踩著那抹拽住她的黑影落地，眞的是把人家摁在地上磨擦！

「哇……」黑影一鬆手，與之拔河的厲心棠與闕擎兩人雙雙向後倒，而且她還是摔在闕擎身上，壓好壓滿。

「起來！」闕擎反應極其敏銳，簡直是跳起般的抵著她起身，順道拉起她，「這種地方沒事不要貼近地面。」

厲心棠死抓著他才能站穩，「我願意的嗎？大哥！」

唷，口吻恢復正常，看來擺脫了亡者的情緒感染了嘛！

「土裡有什麼妳不知道。」闕擎倒是非常嚴肅，而且他們必須隨時保持靈活的姿態。

「我不想知道。」厲心棠實話實說，回身看向站在她面前的魔神仔。

剛剛那兩個小鬼已經消失了，只是躲到附近不遠處，依舊窺探著他們。

「這裡很多魔神仔！」紅外套的魔神仔稀鬆平常的說著，繼續往前走，「這兩個是我的喔！你們注意！」

我的喔我的喔……明明不是山谷，竟也有著迴音，仔細聆聽，似乎不是迴音，而是有別人在回應。

「他們都是魔神仔嗎？好像全是小孩啊!?」厲心棠第一時間想的是，爲什麼山裡會有這麼多孩子？

「也有大人，但大人沒什麼用。」魔神仔往左拐去，「他們只有在活著的時候，才能囂張……」

這句話聽起來煞是奇怪，但他們誰都沒開口。

樹上、身後，周遭都有許多「人」在窺視跟蹤，闕擎冷汗直冒，他們簡直可以說身在鬼域當中。

「那傢伙在那邊。」魔神仔突然停下，指向前方。

「能叫他過來嗎？我不想過去。」厲心棠回頭問著闕擎，什麼都看不見啊。

「其他魔神仔會對我們下手嗎？我們是否有冒犯到他們？」闕擎問著魔神仔。

魔神仔略歪了頭，「山是大家的，不是專屬於誰，又沒關係。」

是嗎？厲心棠根本不相信這鬼話，明明早上十點這裡卻跟黑夜一樣，然後附近一堆鬼，剛剛還有人要拉走她耶！

「林伯伯！」厲心棠突然就扯開嗓子，闕擎一顆心都要跳出來了。

「妳是……」他謹慎的環顧四周，喊這麼大聲怕別人不知道嗎？

「魔神仔都帶我們來了，應該可以把他帶走吧。」厲心棠該聽聽自己的呼吸聲，急促到全世界都知道她有多緊張。

她還是拿出了手電筒，對，她特地帶來的，不想浪費手機的電，避免自己被其他魔神仔帶走後沒辦法求援。

「這麼多人包圍我們是什麼意思？」闕擎蹲下身子，以恭敬的姿態與魔神仔齊高。

魔神仔卻立即低下頭，不讓人瞧見他模樣似的避開。

「我們只是喜歡找人玩啊！」他笑了起來，「快去吧，我答應你們要找到那個傢伙的，會讓你們帶回去的！」

「林伯伯！」像吃了定心丸似的，厲心棠鼓起勇氣往前走去，手電筒朝前方隨意亂照，隨時都能掃到慘白、但疾速閃過的人影。

更多的是趴在樹幹上，無視於地心引力的小小身影，還有一個在九點鐘方向，吊在樹上的雪白身影，晃呀晃……晃呀晃。

冷靜。一雙溫暖的大掌在後方，搭著她的肩，闕擎輕輕的推著她往前走，保持冷靜，如此便可以聽見除了亡靈們在樹間草裡製造的聲音外，還有水聲。

「溪……溪水嗎？」她聽見了！厲心棠突然間鬆了口氣，如果魔神仔把老人家帶到水邊，有水喝至少可以度過這幾日。

水聲越來越大，他們從樹間走到了碎石地，剛剛這一路明明沒有下坡，但是他們就是詭異的來到了溪邊，手電筒再一掃，赫見一個坐在河邊大石頭上的人影。

「哇！」突然看見人影，厲心棠還是被嚇一跳得顫動身子，「嚇……嚇……林伯伯？林……林什麼？」

石上的人影原本低著頭，突地一頓，抬起頭來。

「林旺福阿伯！」闕擎跟著呼喚，「阿伯，回家了！」

人影轉過頭，削瘦狼狽，但的確是電視裡那位長者，身上的衣服也滿是泥土，朝右轉來的他對上刺眼的手電筒燈光，卻沒有任何遮掩的動作。

「是人。」闕擎肯定的說著，大步穩定的走過去。

阿伯出神般的看著他們走近，厲心棠的手電筒專注的照在他身上，如新聞報導中一樣的藍色上衣、黃色褲子，整張臉都是髒污，也瘦了一大圈，但這應該就是失蹤的阿伯！

「阿伯！找到你了！你失蹤好幾天了！」厲心棠焦心的上前，「我們是來找你的，我們回家！」

老人家反應相當遲鈍，他明明是看著厲心棠，瞳孔裡明明發亮般的倒映著手電筒的燈，但是闕擎卻不知道他在看什麼。

「阿伯，跟我們回家好不好？」他冷靜的說道，「我們回去洗澡、換衣服、吃飯！」

「吃飯，我在吃飯！」阿伯突然回應了，「對，好餓，我在吃飯！」

餘音未落，他繼續捧起手上的東西，整顆頭埋進掌心裡窸窸窣窣的吃起東西，咂舌聲不斷，就像在吃什麼人間美味！

這裡還有東西吃？厲心棠趕緊上前，看著老伯手裡原來是捧著一大片葉子充當盤子，吃著上頭的食物……一股臭味襲來，厲心棠的光線照在老伯的葉子上。

闕擎早已別過頭去，他隱約知道怎麼回事了。

盤中飧是一條早已腐爛生蛆的魚，上頭還有著滿滿的泥土，老伯直把臉埋在被蛆蟲覆滿的魚上頭，吃著……噁！

「這不能吃！」厲心棠趕緊打掉那葉子上的大餐，「那已經爛掉了！」

「啊……」老伯突然愣住了，看著落地的葉子與食物，慌亂的蹲下身去，「飯，不能浪費食物，我在吃飯！」

「不可以！」厲心棠趕忙蹲下身子，阻止老人家，「那是爛掉的魚，你吃的都是……」

她一時說不出話的乾嘔著，因爲蛆蟲甚至爬上了老人家的臉！

被扯住手的林旺福看著一地的「食物」，一轉身突然就伸手掐向厲心棠的頸子，「妳怎麼可以丟掉我食物！」

闕擎打橫手臂擋下阿伯的攻勢，沒想到阿伯手裡居然已經抓著石頭，二話不說就朝闕擎額頭揮下！

「啊！」闕擎措手不及，劇疼自太陽穴傳來，但幸好他爲了護住厲心棠所以壓著她倒地，讓石頭只是擦過額畔！「清醒一點！」

他及時反手抓住林旺福的手，原本被壓在身下的厲心棠也趕緊起身，跑上前阻止發狂的林伯伯，牽制他的手。

「他瘋魔了嗎？是被什麼迷住了？」她往上看著，想搜尋紅色的身影，「魔神仔！」

人呢？環顧四周，紅色外套的魔神仔不在，那其他的魔神仔卻聚攏了！

而手上的林旺福力氣哪像是餓了一週的老人家？他抓狂般的嚎叫著，咒罵他們丟了他的「大餐！」

闕擎不客氣的推倒林旺福，「他不正常，應該是被附身了！」

「那怎麼辦？」厲心棠望向闕擎，「你有什麼護身符的可以拿來擋擋嗎？」

「他最好是願意乖乖讓妳戴！」話是這樣說，但闕擎還是動手脫下了其中一串佛珠，「妳去抓住他的手。」

厲心棠即刻照做，林旺福剛被推倒在地，看上去很是虛弱，她趁機上前抓起他的右手——說時遲那時快，他忽然抓狂的壓倒厲心棠，雙手再度直掐住她的頸子。

「把我的飯還給我！我會餓死的！不吃會死的——」他猙獰的吼著，那臉孔扭曲到讓人膽寒！

「她是百鬼夜行的人，你們也敢動她！」闕擎情急之下出聲大喊，同時由後熊抱住林旺福，打算往後拖。

黑暗中一堆腥紅雙眸看著他們，沒有人攻擊，但也沒有人幫忙，他使盡氣力竟也無法壓制林旺福，他鐵了心想掐死厲心棠似的！

腳步聲沙沙，擦過了樹葉，足音重重的踏在地上，由遠而近疾速的逼近，闕擎倏地向右看去，只見高大的人影衝了出來，大跳的躍上石頭，然後朝著他們這邊撞了過來！

「鬆開！」

誰來得及啊？只見那人影猛然撞至，把闕擎連同林旺福一起撞翻，但他終究是鬆開了手，厲心棠痛苦的護住頸子，趕緊滾離現場，讓自己滾開林伯身邊越遠越好！

闕擎在被撞上的那瞬間鬆手但還是來不及，整個人往後滑了三十幾公分有餘，倒在一堆沙石上滑行，疼得要命！

「不要動！通通不要動！」

中氣十足的斥喝聲傳來，闕擎瞬間領會。

他回神睜眼，狼狽的他躺在河邊，才睜眼卻忽覺光線大亮，天什麼時候這麼亮的？

即使今天是陰天，但對比於剛剛的黑暗而言，他們就像剛從黑暗爬出，即使是陰天的光線也令人適應不良。

「咳咳……咳咳……」拼命咳嗽、努力呼吸的厲心棠看著眼前清楚的石子，還有該死的那條腐爛的魚就在她面前，邊咳嗽一邊想吐實在很痛苦！

「……林旺福！」李政然上前查看昏過去的老人家，「這怎麼回事？」

闕擎撐起身子，有氣無力的看著開始用無線電聯繫的李政然，看來警徽比佛珠有效的多；終於得以環顧四周，他們在溪邊，四周山壁聳立，看起來比他們入山時所見還要更陡峭，這表示他們往下切河谷走了不少距離。

但是一路上，他們感覺都是在樹林裡的平地行走。

「厲心棠！」忍著疼起身，他來到厲心棠身邊，連蹲下都懶。

「沒死。」她躺在地上，懶得起身，右手撫著頸子，「很嚴重嗎？看得出來嗎？」

闕擎無奈的笑了起來，「老伯應該會死無葬身之地。」

清晰可見的手掌印，這回去鐵定瘀青，厲心棠只要頂著這指痕回到「百鬼夜行」，隨便一個食人鬼就可以衝出來把這位老人家拆吃入腹了，嘴裡還會喊著居然敢動他們家棠棠之類的。

「你們還好嗎？這究竟怎麼回事？」李政然一放下無線電就趕緊過來，還是他把厲心棠攙起的。

闕擎靠著石頭懶得說話，但厲心棠啞了嗓子，這工作又得落在他頭上。

「做筆錄時一起講好了，總之，我們找到失蹤者了。」他嘆了口氣，指向地上的「飯食」，「我們趕到時他在吃腐爛的魚跟蛆，厲心棠阻止他，他就抓狂的對我們又打又掐。」

李政然立即拿出手機拍攝「現場」，看著那條魚，也不禁皺起眉，「林伯會吃這個？」

「我剛……沒時間錄影，然……」厲心棠聲音全變了，鐵定傷了聲帶。

「妳先別說話了！」李政然扶著她坐到闕擎身邊，「你們兩個眞的是……爲什麼跑那麼快？我明明才落後你們不到一公尺，說不見就不見，步道就只有那樣，你們怎麼跑的？」

闕擎很懶得解釋，他們又不是走步道。

「先說好，找到人了，敲鑼打鼓那些就停了吧！別吵到山裡的人。」

李政然旋即一愣，喉頭一緊，「……你在說，魔神仔嗎？」

凝視著李政然那澄澈的眼神，闕擎挑了眉。

「所以，這也是你們失蹤一天的原因嗎？」

咦？原本懶洋洋的厲心棠瞬間直起身子，一天？

第三章 又被帶走？

阿好嬸才剛洗好米，外頭就起了騷動，她好奇的探頭出去看，就見對門的八卦團員站在他們家院子裡喊著：「找到了！林A找到！」

「什麼？」阿好嬸趕緊放下手裡的東西，隨手往圍裙上一抹，興奮的從廚房裡小跑步出去，「人有沒有怎樣？」

「活著！阿政他們那些警察正準備把他抬去送醫！」阿春一臉謝天謝地的樣子，「嘿勒廟公說得沒錯，把魔神仔嚇跑就好了！」

「唉唷，阿彌陀佛喔！」阿好嬸也急著要去看熱鬧，臨出門前不忘回頭倒退幾步，「妳先去，我等等就來。」

阿春噢了聲，趕緊轉身出門，立即遇到了也要去看熱鬧的鄰里，一夥人吱吱喳喳。

阿好嬸家也就是一棟兩層透天厝加院落，這是老家改的，所以沿用類似的三合院模式，主屋一間、廚房一間、衛浴一間，她走進正對大門前主屋裡，有個老婆婆正坐在搖椅上放空。

「林美，我出去一下，林仔找到了！」阿好嬸檢查著茶几上的水，「妳就坐在這裡不要亂跑，等等我叫阿雀來接妳。」

「找到啦？」老婆婆沙啞的說著，吃力的想起身，「我……」

「妳別動啦，妳不方便！他不見一星期一定很虛弱，現在要送去醫院！」阿好嬸拍拍她，「我回來再給妳講狀況啦，妳好好待著，不要亂走，外面天氣涼了，會感冒。」

「好……好，謝謝，小心捏。」老婆婆招呼著，她現在走路很辛苦，連看熱鬧都難了。

阿好嬸說完興沖沖的離開，一邊走一邊留語音訊息給婆婆的女兒。

「阿雀啊！妳起床了沒？快點把妳媽接回去！我下午還有事捏！」阿好嬸邊說，臉上忍不住露出不耐煩，跟騎車路過的鄰居打招呼，「妳不要在那邊裝死，自己的媽要顧！」

掛上電話，她也跨著自個兒的機車前去看熱鬧了。

她隔壁就住著高林美一家，全是亂七八糟的家人，年輕時的阿美也是很囂張的，她與丈夫做人都非常失敗，她老公幾乎都在牢裡度過一生，她則是遊走在法律邊緣的霸道流氓，養活四個女兒。

但只負責不讓他們餓死而已，教育是亂七八糟，孩子全教偷拐搶騙，所以她的孩子也糟糕透頂！那是她念一起在這裡長大，不然何必照顧？

「阿好！妳也來喔！」

「誰不來啊！終於找到了眞是太好了……啊昨天我看見的兩個肖年人呢？他們是不是也被魔神仔帶走了？」

「沒有捏，聽說是他們找到的！」鄰居喜洋洋的，「跟政仔一起，厚，這有沒有業績啊？」

「喔呵呵呵……」阿好嬸忍不住笑了起來，「那叫考績啦！考績！阿政眞厲害，看不出來捏！」

「嘿啊，從那個了尾家出來的……果然歹竹出好筍！」

鄰里們邊說邊聊，一堆機車都全往神祈山的方向去，那兒可是熱鬧非凡，警車、救護車都在等待商量著，如何把溪谷裡的老伯送上來。

而阿好嬸主廳裡的搖椅嘎吱作響，林美嬿感受到強烈無力感，當初她多叱吒威風！現在的她不良於行，這雙腳不聽使喚，成日無所事事，就只坐在這裡看著外頭；天氣好點時還能坐到庭院去，或是走到外頭路口的大樹下，跟其他人話話家常。

聽別人說起天倫之樂她不太稀罕，她沒什麼天倫好享的，她一生辛苦得要命，還養出一群廢物！

她輕輕的搖晃著搖椅，門口突然一抹影子奔過，她疑惑的蹙眉，雙腳踩著地面，搖椅略微前傾呈現靜止狀態，專注的看著門外。

「誰？」她開口喊著，「誰在那裡？」

噠噠噠噠……腳步聲出現在其他房間中，聽起來是小孩的奔跑聲，問題是阿好嬸的孫子們沒住在這裡啊！

「誰啊？」她不安的問著，怎麼無緣無故會有小朋友跑進來？「不可以亂跑進人家家裡喔！」

屋內沒有再傳來腳步聲，但是也沒有人回答她，雖然孩子讓她覺得比較無所謂，但待在人家家裡，還是要稍微幫人家顧一下。

只是，這屋子就一個門口，那孩子是怎麼進屋的？

對啊！為什麼會有人跑進屋子裡她卻不知道？她的搖椅就正面對著門口，難道就在剛剛那一閃神嗎？她只有看見影子從門前掠過，沒有看見誰進來啊！

她是重聽了，但沒傻！

「小朋友！」她有點擔心的喊，「過來！」

刹！搖椅突然由後被往前推了一下，林美嬿還沒反應過來，整個搖椅倏而又被往後扳，她嚇得抓緊扶手，整個人朝椅背向後略滑，然後感受著搖椅的劇烈晃盪！

「做什麼——」她激動的回頭，死小孩居然這樣搖她的搖椅，這很危……險！後面沒有人。

林美嬤左轉右轉的輪流回頭，就是沒看到這客廳有任何一個人影，一股不安的寒意逐漸升起。

「不可能啊，大白天的……」她皺起眉，現在連中午都不到，怎麼會有這種莫名其妙的事，「別想嚇我，你娘什麼大風大浪沒見過！給我滾出來！」

老太太不但不覺畏懼，接著後頭是一連串難以入耳的髒話連篇，譙到大廳都有迴音！她抓過放在茶几邊的手杖，吃力的撐起身子，開始緩步的往外頭走去，一邊走一邊髒話不斷，也不時回頭環顧，以及其他地方。

「魔神仔魔神仔，我哩怕你喔，幹！」阿嬤邊譙邊拿拐杖敲地，「山裡的妖魔鬼怪也敢到我這裡放肆！你給我出來！」

即將來到門口，她拿拐杖朝門邊敲了敲，怒目瞪視著整座其實也不過八坪大的客廳。

搖椅因爲她適才的起身仍在輕微晃動，阿嬤嘴裡的髒話沒停過，已經進展到生殖器單字的部分，她冷哼著咒罵，伸腳就要跨出大門。

說時遲那時快，那本該輕微晃動到停止的搖椅驟然劇烈搖動起來，前傾到快趴上地之際，又後仰到差點呈現九十度，聲音大到讓林美嬿驚愕的回首，看著那誇張搖擺的搖椅，正常人坐在上頭都不可能搖成這樣！

「什麼拉薩咪呀！」阿嬤舉起拐杖，指向搖椅，「敢在我面前囂張啊！」

下一秒，搖椅上彷彿有「什麼」跳離似的，顫動了一下，緊接著搖晃激烈的搖椅突然驟停！

從前後的搖晃到倏然靜止，這瞬間林美嬿嘴裡的髒話也停了。

她與搖椅對望著，連大氣都不敢喘一下，握著拐杖的手心漸而冒汗，阿嬤嚥了口口水，準備要退出門外……眼神瞟到客廳角落的神桌，啊拜這麼多也沒什麼路用啊，不乾淨的東西還是跑進來了！

唰……靜止的搖椅突然朝著阿嬤衝了過來，阿嬤可不怕鬼，但她怕摔啊！

「幹X娘咧！」阿嬤轉身，嚇得急忙要快點離開阿好嬸家——

但衝來的搖椅毫不含糊，由後撞到她的膝蓋後方，林美嬿啊的一聲，順勢便向後摔進了搖椅中，拐杖跟著撞掉，她都還沒反應過來，搖椅頂端又彷彿被人向後壓似的，將她朝後呈現仰躺之姿。

「啊啊啊……」阿嬤被這幾秒內的混亂嚇著了，她甚至頭暈眼花，感受著自己向後躺著，與地面形成了平行狀態。

然後搖椅又停了，她就這麼躺著懸著，雙手緊緊抓著扶手，雙腳都拼了命的扣著，就怕自己往後滑下去。

誰？剛剛的氣勢一秒驟失，林美嬤下顎抖個半天，卻吐不出一個字。

唰啦——一道影子驀地從未知的角度衝出來，持續壓著搖椅背頂部，彎身探頭到了阿嬤的正上方，與她對望著。

「啊……哇啊啊啊——」

啪——來人手一鬆，搖椅瞬間向前彈去，椅背往前撞上了大門，反作用力讓搖椅向後退了幾公分，誇張的晃動著，咿歪咿歪……

而阿嬤的拐杖同時掉落在地上，匡啷匡啷。

一個女人穿著紅到發黑的地板拖，蓬頭垢面的走進了阿好嬸家。

「媽，我要去買午餐，妳要吃什麼？」邊走，女人還抓了抓不知道多久沒洗的頭髮，不耐煩的站在門口喊著，「媽——」

她扯開嗓門大聲喊著，老太婆重聽都聽不見。

站在門口十秒後，她忍不住翻了白眼，扯著嘴角往前走去，「媽，是有沒有聽見啊？我要去買午餐啦幹，妳要吃……」

還沒進入客廳，踩上阿好嬸家主屋的兩階階梯，她就看見了斜在門邊的搖椅，女人有幾分狐疑，老太婆一向是喜歡面對門口，但一般都是在最裡頭，不可能坐在這裡擋路啊！

要嘛在最裡頭向外望，要不就坐到外頭來乘涼，怎麼可能卡在這裡？女人進入客廳，一腳就踩到拐杖，差點滑倒。

「啊咧幹！」她連忙扶住了鐵捲門邊，才發現踩到的是她母親的拐杖，「咦？」

看著卡在門邊的搖椅，再拾起母親不可能放手的拐杖，女人覺得萬分不對勁了。

因爲她母親的腳，沒有拐杖根本走不了三步！

「媽？媽——」女人終於有點急了，將搖椅推開，朝著裡屋走去，「媽！妳在哪裡？媽——」

小村鎮的警局不大，鄰里間幾乎都認識，分局長在外頭跟鎮民們閒聊；這是距離首都只有兩小時車程的小鎮，如果搭特快車，四十分鐘就能抵達，這正是厲心棠會想帶魔神仔來的原因。

簡單的隔間裡，闕擎拿起水杯喝了口水，聽著外頭的嘈雜，再回頭看了眼已經趴在桌上、睡到不醒人事的女孩。

「我們不能曝光，絕對不能。」他認真的看著眼前的李政然，再三提醒。

「我知道！學長跟我提了好幾次，他也在設法。」他口中的學長就是阿忠，事隔一天，流感好了點。

就算沒痊癒，拖著半條命他也得到，「百鬼夜行」的人進山失蹤一天一夜，昨天睡到一半覺得鼻子有點癢的睜眼，一顆頭就懸浮在他的正上方，烏黑長髮撓著他的臉，猙獰的鬼瞪著他問：『人呢？』

嚇得他屁滾尿流，整個人才從床上摔下來，又跟地板上的鬼打了照面。

現在問題是，鎮不大，鎮民都在外面聊天，昨天不少人都看見厲心棠他們入山，也知道他們沒出來，新聞都已經報上去了，說著似乎又有新的失蹤者被魔神仔帶走了！

「記者在外面，你們最好想想辦法。」闕擎嘆了口氣，「我說眞的，吃不完兜著走的絕對不是我們。」

李政然微蹙眉，他不清楚事情的嚴重性，但阿忠學長的態度是一種大難臨頭的模樣，連分局長也嚴肅以對，這對年輕男女看上去不過大學生模樣，哪來這麼大的本事？

「你們幫我們找到阿伯是好事，想低調我尊重，但沒有這麼嚴重吧？」他不以爲然，「我可以開車載你們離開，戴好帽子跟口罩，遮著出去也行。」

「唉……」闞擎用嘆息打斷了他的聲音，「年輕人終究是年輕人，太天眞了。」

呃……李政然忍不住翻了白眼，用肉眼看也知道，他比這傢伙大！

做筆錄的都是女孩，男方拒絕提供個人資料訊息，厲心棠邊做邊打呵欠，草草說完就睡死了。

「你們眞的覺得時間只有經過一小時左右？」另一名警察謹慎的再問了一次。

「一小時多吧？不到兩小時，走到溪谷那邊比較累一點……」闞擎聳了聳肩，「居然過了一天，好樣的……」

看來在樹林裡的天黑不假，他們眞的是被魔神仔帶著，遇上了鬼打牆嗎？

「眞的太玄了！我在外面找了好久，一直到剛剛聽見爭執的聲音才追過去看的。」李政然也有些不安，「我的錶很早就停了，手機也沒訊號，我覺得至少有六小時這麼漫長。」

一起在鬼打牆世界裡的，還有這位年輕警察李政然，這也就是爲什麼他可以在第一時間趕到的原因。

「謝謝。」闕擎禮貌的說道，是他及時出現救了他們兩個。

「我才該謝謝你們找到林旺福，」李政然做了個深呼吸，突然聽見外頭的動靜，「我出去看一下！」

才起身，門就被推開，是阿忠。

「欸，分局長要帶大家去醫院看林伯，我們等等趁大家都走時，帶他們離開。」阿忠臉色發白，看起來非常緊張。

「不要小看記者，他們不會傻到被騙的，一定會有一組人留在這裡想拍我們。」闕擎貼心提醒。

「嗄……那怎麼辦？我們警局就這麼一丁點兒大，要調虎離山也很難啊！」阿忠心急不已，「我說厲……厲小姐能不能醒一下，給小的指點迷津啊！如果店裡能幫忙的話——」

「那還需要你做什麼？」闕擎逕自接話，朝阿忠挑了眉，「養你就是為了方便做事，都靠店裡要你幹嘛？」

李政然略微驚訝的倒抽一口氣，阿忠則如喪考妣的看著他，「這怪不得我啊！小姐就不該涉險進山裡，不是說有魔神仔了嗎！」

啊他們就是跟著魔神仔入山的啊！闕擎懶得解釋了，他非常想睡、頭又疼，已經連兩晚沒睡好了！

在山裡時間只感覺是只過了一個多小時，但一出來後立刻疲憊攻擊，否則厲心棠也不會睡死成那樣，畢竟第一夜她是大夜下班，連休息都沒有就跟著入山啊！

問題是他前一晚也沒睡啊！

看著她頸子間若隱若現的勒痕，他既疲累又加胃疼，不知道要怎麼跟「百鬼夜行」的人解釋。

「現在除非有更大的事發生，否則我們……」李政然喃喃說著，外頭突然傳來一陣尖吼。

「救命——警察先生——」嘶吼聲由遠而近，「我媽不見了！」

咦？隔間裡的人瞬間抖擻起精神，更大的事情來了！

阿雀跌跌撞撞的衝進警局，門口的阿牛趕忙上前，「阿雀姨，是怎樣？」

李政然一秒沉下臉色，一旁的阿忠下意識的偷瞄他一眼。

「阿政咧！我們家阿政咧？」陳姿雀激動的喊著，「他阿嬤不見了啦！」

「嘿啦，伊阿嬤不見了啦！」阿好嬸的聲音跟著傳來，「她應該好好的待在我家，結果不見了！」

阿忠拍了拍李政然，逕自開門走了出去。

「林美嬤會不會自己出去了？你們剛剛都跑去看熱鬧了啊？」阿忠也出去幫忙緩解情況，「現在不要跟我說什麼不見，我們很敏感，好不容易才找一個出來。」

「一定是不見了，我媽不太能走啊，她能去哪裡？」陳姿雀很緊張的吼著，她說話都是拉高分貝用尖叫著，「而且你們去看，搖椅的位子很奇怪，還有我媽的拐杖也沒帶走，是掉在地上的……」

「沒拐杖她是要怎麼走？而且我們都找過了，我剛剛才要去看林A，才看到他被吊上來，阿雀又打給我說林美不見了，我騎車回去看，整個就不對！」阿好嬸喃喃唸著，「金害金害，不對不對勁啦！」

「阿政咧？阿政不在嗎？」陳姿雀環視警局，沒看到她要找的人，「你們趕快跟他說啦，阿嬤不見了，我打給他他都不接。」

只是李政然扳著一張臉，看起來「阿嬤」的失蹤並沒有讓他出現緊張的態度。

「待在這裡別出來。」他突然做了個深呼吸，起身走了出去。

「啊啊，阿政！」陳姿雀看見他即刻衝過來，「你阿嬤不見了啦！」

李政然漠然的看著她，「噢，阿忠學長會處理吧！」

阿雀一怔，「你在說什麼學長！我在說你阿嬤不見了！你趕緊去看，那個不對勁啦！」

「我手上案子很多，我才剛調過來是新人，組長說我負責一些交通案跟女孩失蹤案，我暫時不必處理現場的案件。」李政然越過了陳姿雀往後，「學長？」

「啊對對對！他是新人，要慢慢熟悉這裡！」阿忠連忙答腔，「現場案子不是他負責的，那個阿草、小李！你們跟著去看！」

蓬頭垢面的陳姿雀擰起眉，突然不客氣的雙手使勁推了李政然一把，其他警察即刻緊張的上前。

「做什麼做什麼！退後！」連阿忠都突然厲聲吼了起來，「阿雀姨，妳這襲警喔！」

他們的手，都已經放在槍托上了。

「襲你娘咧！這夭壽骨A，我在說的是我媽、你阿嬤失蹤，你這什麼態度！」陳姿雀後頭照樣一串髒話，「什麼別人會做，你不負責，你有沒有搞錯啊！」

「我搞錯什麼了？」李政然冷冷的看向阿雀，「阿雀姨，誰是我阿嬤？」

「幹你娘咧！」陳姿雀二話不說，抓起一旁辦公室的東西，就要往李政然砸去。

警察們立即上前攔住她，但又不敢亂抱，怕她反告性騷擾，這讓凶狠的阿雀姨萬夫莫敵，手上的東西揮舞著，對警察們又踢又踹，然後就要撲上前狠狠的揍李政然了！

「呀——哇呀——」慘叫聲接著傳來，房間裡的闕擎蹙起眉，空氣中都瀰漫著辣椒水的氣味了，「幹你娘！誰噴的我？我打死你！咳咳咳！」

闕擎掩住口鼻，抽過了桌上面紙，回身準備幫厲心棠蓋住時，才發現女孩已經醒了。

她坐起身，將長袖外套的袖子拉長到遮住雙手，掩住了鼻子。

「好複雜喔！李警官跟家裡好像不太好耶。」連阿嬤失蹤都能無動於衷，「然後那個阿雀姨聽起來好凶狠。」

闕擎一抹冷笑，「妳覺得有血緣關係就是親人嗎？」

厲心棠幾秒後笑彎了眼，搖了搖頭，「當然不是！整個百鬼夜行跟我都沒有血緣，但我們都是親人呢！」

妳怎麼會在「百鬼夜行」那種地方長大呢？這是闕擎心裡的問題，他之前曾想問，但因為不想與厲心棠牽扯太多，不要有感情就不必牽扯，所以他一直沒問。

即使是現在，他也把湧上心頭的話嚥回去了。

聽著外頭的兵荒馬亂，叫陳姿雀的女人不停慘叫，吼叫與咳嗽聲相互映襯，半小時後才恢復平靜；有兩名警察去確定林美嬿是否眞的失蹤，而阿雀姨被銬起來，還因爲她髒話譙不停，因此被單獨關到某個房間去。

接著，李政然把厲心棠他們叫出，直接用警車載他們到最近的火車站，好讓他們迅速離去。

因爲記者都跑去阿好嬸家了！

闕擎在車上時回頭看，後面穿著紅外套的小男孩跟著車子一起跑……一起跑。

「我不知道你們的來歷，但還是很謝謝你們。」送他們進火車站前，李政然禮貌的道謝，「救了一個人。」

「我才要謝謝你，破了鬼打牆，還救了我們！」厲心棠揚起笑容，開心著回禮。

闕擎不喜歡客套或社交，默默頷首，意思到了便好，轉身進入閘門；離峰時間加上地處偏遠，特快車還得等個二十分鐘，闕擎爲他們買了甜點充當早餐，還有熱騰騰的咖啡。

「謝謝。」厲心棠愉悅的看著貼心的闕擎，嘴角掩不住笑意。

「妳知道我現在這麼貼心有目的的吧？」闕擎探視她的頸子，「妳看起來受傷很重。」

「沒事啦，如果他們生氣，早就從家裡殺過來了，哪還留著我們在這裡等特快車！」厲心棠拍拍他的手臂，下意識還是摸了摸頸子，「不過那個阿公也……為了一盤生蛆的魚肉，竟然要置我於死地！」

那殺氣一般人都能從眼神看得出來，林伯伯是眞的要跟厲心棠拼命沒錯。

厲心棠總是用笑容化解一切，儘管回想起來心有餘悸，她還是會笑著面對。

「欸，過來坐。」她莫名的，朝著右前方喊著。

他們坐在月台上等車，高架月台上吹來的風冷冽，但手裡捧著咖啡只會感到溫暖，眼前就是軌道，其實沒有人站在那兒，只有那個穿著紅色連帽外套的魔神仔。

一出警局就瞧見他了，他一路在警車後面跑，直至跟著他們到了月台。

魔神仔回頭，乖巧般的坐到厲心棠右手邊，他僅有一隻腳穿鞋，另一隻赤裸腳上一塊肉消失，可以看見掀翻的肉與骨頭，血和著泥，雖然知道這不是人，看了還是有幾分心疼。

「剛剛有個阿嬤失蹤，跟其他魔神仔有關係嗎？」她溫柔的問。

魔神仔沒回應，幾秒後聳了聳肩。

「他已經幫我們找到林伯伯了。」闕擎出言，暗指厲心棠或許該適可而止。

「我不是在爲難他，而是如果那個阿嬤又失蹤，他們會不會又上山敲鑼打鼓？」厲心棠看向闕擎，別一副她想利用人的樣子啊！

「所以我下山了。」魔神仔回答得理所當然，他怕那種聲響。

闕擎哇了一聲，這言下之意不就代表那個阿嬤的失蹤跟其他魔神仔有關了嗎？這座山的魔神仔眞積極，突發奇想一直要整人嗎？

「你爲什麼待在那裡？想不想回家？」厲心棠話鋒一轉，果然回到正軌，「我們有一種業務，可以幫助亡魂找到自己生活的足跡……喂！」

她還在說話，闕擎就起身挪到隔壁的座位區，擺明就是要跟她劃清界線。

「我還有二十次可以說你們店名的權益。」他堆滿虛假的微笑，即使戴著口罩，都能從眼睛嘲諷的笑容裡看出：拜託不要把他扯進去！

「我知道我的人生故事。」魔神仔像孩子般踢動著雙腳，「非常清楚喔！」

從林老頭踏進林子裡的那瞬間起，他就全部都想起來了！

他覺得，是時候讓「他們」也回憶一下了！

第四章 女孩

關上家裡大門的瞬間，李政然才會有種眞正放鬆的感覺，一分鐘前的精神抖擻消失無蹤，連步伐都變得沉重，一步、兩步、三步，他最近眞的累死了。

他住的地方較爲偏僻，附近都無鄰居，那間房子是他生父的，離婚後給了生母，但地處偏遠，生母嫌不方便又沒人顧小孩，因此始終荒廢著，直到李政然成年後，他便搬進去住，也花了點時間整理。

「我回來了！」他邊走邊脫下制服，把制服掛上勾子時，便算暫時放下「警察」的責任了。

扭扭頸子，又伸了伸懶腰，才到廚房打開冰箱，拿了一盒水果出來，跟著又拎出一袋吐司，猶豫了幾秒，帶著吐司往廚房旁的小房間裡去。

「敏敏，要不要吃點心？我弄一份給妳吃？」

房間裡的女孩轉過頭，遲疑了幾秒，點點頭，「好。」

「要水果多還是巧克力多？」他一邊說著，一邊招手，「妳出來挑！」

他走進廚房，平底鍋放在爐子上開始準備，結束一天疲憊的工作，來份甜點就是人生一大樂事了。

「都要多！」女孩在旁看著，一雙眼睛閃閃發光。

「好，去把餐桌擦一下，等等就有好吃的了。」李政然將抹布擰乾，交給女孩。

女孩聽話的接過抹布，將桌子擦了一遍，廚房的鍋子裡已經傳來香氣，她跑回廚房，看著吐司在平底鍋裡滋滋作響，口水都要流下來了；甜美香濃的法式吐司，再加上巧克力醬與許多水果，呈上桌時，便是一道完美的甜點。

女孩乖巧的坐定，看著吐司放到自己面前，嚥了口口水。

「吃吧，小心燙！」李政然放上一疊紙巾，「用紙巾包著比較不會燙手。」

女孩聞言，說了聲謝謝，便開始大快朵頤。

李政然自己則是用刀叉，把吐司切開，再喝一口奶茶，甜食果然是能撫慰人心的美好。

「妳知道今天發生什麼事嗎？」他突然看向女孩，「我們那個阿嬤，失蹤了。」

女孩啃著吐司的手顫了一下，緩緩看向了他。

「對，那個有血緣關係，但沒有親屬關係的阿嬤，高林美。」李政然唸著這名字時，彷彿都帶著厭惡，「沒事的，哥哥已經長大了，我能保護我們的。」

女孩默默的再咬下一口吐司，突然覺得沒那麼好吃了，「不是就一個林阿伯失蹤嗎？」

「噢對，今天找到了！他失蹤七天瘦了一圈，營養不良，先送到醫院去救治，但好像就是大家在那邊慶祝他被找到時，高林美卻失蹤了。」李政然笑了起來，「最好笑的是陳姿雀衝來報警時，還敢指名要我去找……他們眞的都不當一回事啊，還敢說姓高的是我阿嬤。」

女孩抿了抿油亮的唇，又起香蕉吃，「她就是阿嬤不是嗎？」

李政然瞥了她一眼，她有些嚇到般的縮起頸子，眉宇之間帶著憂傷。李政然見狀，大手往她的頭上罩去，搓了搓。

「不是，只是有DNA相似而已，我們不要這種親屬關係，沒必要。」李政然溫柔的看著女孩，「妳只要跟著哥哥就好，有我在，沒有人可以再欺負我們的！」

大掌下的女孩用有點難受的眼睛看著他，卻不知道該說什麼好，只能默默點了點頭。

「那個阿嬤去哪裡了？」女孩再問。

「不知道，學長們也在找，她雙腳不方便也沒帶拐杖，不應該能跑遠。」李政然相當無奈，「就陳姿雀一直在那邊罵，罵我不幫忙、不孝，我爲什麼要對他們盡心盡力？」

襲警的事他們輕輕放下，但陳姿雀卻沒理還不饒人，拼命的幹譙，高林美這家人眞的是從老到少都是一個樣子，粗鄙不堪！開口閉口都是問候人家母親，再髒的髒話唸出來均流暢不已，不絕於口罵半小時都不是問題。

「可是……你能眞的不找嗎？」女孩慢慢的說著，「我覺得那個女的會逼你，其他人也會吧，因爲他們都知道你曾經是他們家的一份子。」

李政然沉重的點點頭，大口吞掉一整塊吐司，氣氛變得低迷，女孩也不太敢再說話，誰叫哥哥的臉色很難看。

「唉，我只能換個角度，現在的我是警察，我對人民有義務，那些人再爛再渣，我還是要盡職責。」李政然相當勉強的深呼吸，「只要需要支援，我還是會去。」

「嗯，加油。」女孩輕輕笑著。

李政然看著她，再度搓搓她的頭，「妳放心！妳不需要面對他們，哥一個人就行的！」

「我沒關係的，哥哥不怕，我也不會怕。」女孩堅定的說著。

李政然開心的笑了起來，過去那痛苦的路都走過來了，他沒有什麼好再害怕的了！已經沒有人能再影響他了！

「好了，去洗澡吧。」李政然起身收著盤子，讓妹妹快去洗。

女孩有些遲疑，她回房間抱了衣服走出，一雙眼睛看著半掩著門的浴室，伸出顫抖的手，緩緩推開浴室門。

門一打開，冷風襲至，這就像是間開著強大冷氣的房間一樣，她一點都不想踏進這裡……

「怎麼了？快點洗，洗好換哥哥。」李政然從後面喊著，女孩驚慌的回頭看向他，她想求救，但不知道該怎麼開口。

重新正首，映在眼前的是被鮮血噴濺的浴室，白色的牆、鏡子、洗手台，甚至馬桶裡的水盡是鮮血，而在蓮蓬頭下有顆頭擱在那兒，對著她咧開了嘴。

『妳什麼時候要進來？』

「……」她搖著頭，踉蹌的退著，「不不要……不要這樣！」

她緊閉上雙眼，哭了起來，後退著的身子卻撞上李政然，他穩穩的將她抱住。

「怎麼了？敏敏？」李政然憂心的把她轉過來，「妳別哭！發生什麼事了？」

她想講些什麼，但越過李政然的肩頭，卻又看見餐桌上坐著一個搖晃身子，頸子只剩層皮黏著的女孩，瞪著一雙眼彷彿在監視她。

李政然緊緊抱住她，他面對的是毫無異狀的浴室，溫柔安撫著她。

「沒事的，現在只有哥哥在，沒有別人了！」他抱著她走進浴室裡，「家裡只有我們在，絕對不會有人傷害妳的！」

女孩淚如雨下，她搖著頭，不覺得哥哥懂得。

最終李政然把她放在裡頭的小凳子上，自己往外走去，他沒將門關死，只是輕掩，然後人就坐了下來，守在門口。

「哥哥在，就在這裡。」他用極其溫柔的聲音說著，「不會有人進去的。」豆大的淚滴往下掉，女孩的抽泣聲在這冰冷的浴室裡迴盪。

哥哥，果然不懂。

女人騎著機車，緩緩停在了一間肉粽店前。

「啊！里長太太，等我一下嘿！」老闆向外喊著，手裡正在舀湯，「我先把裡面的這桌送去！」

「不急，你慢慢來，不要燙到了！」女人推開安全帽上的鏡片喊著。

老闆盛好湯轉身送進店裡，再趕緊回來，拎起一旁早準備好的外帶袋子，越過眼前的爐子往下遞。

「四個肉粽、兩碗四神湯！」

「謝謝！」里長太太接過，順道遞上了錢。

「里長這兩天辛苦了吧？我四神湯多放了點料，給他補補。」老闆笑吟吟的將找的錢放到她手上。

「唉，這也沒辦法，人就不見了啊！」女人顯得很無奈，「謝謝厚！」

油門一催，機車又到了下一站的甜品店，叫了兩碗紅豆湯，便在一旁等，不過隔壁正在聊天的女人們留意到她，即刻湊了上前。

「里長太太啊！」果不其然，女人們一看見她就過來了，「辛苦了辛苦了！」

「啊，不會！我沒什麼辛苦。」她露出敷衍笑容。

「唉唷，那個林美嬿不見了，一定辛苦啊，我聽說阿雀都將警局掀翻了。」女人們開始聊起是非八卦，「但已經兩天了，還是沒找到人喔？」

「是啊，我們這附近監視器又不多，但每一支都沒看見她的影子，她沒拐杖都走不了十公尺，能去哪裡？」里長太太也很無奈，「阿雀拼命罵也沒用，她自己的媽媽都沒自己顧，怪里長怪警察有什麼用！」

「啊高林美家那幾個不就那個德性！」太太們冷笑著，一副撿角的模樣，「所以我們才說里長辛苦了。」

提起高林美一家，大家都只能搖頭嘆息，其實高林美嫁給姓陳的，該是陳家，但林美嬿實在太悍，深植人心，所以林美嬿跟陳家幾乎是劃上等號的！這家人每一個人都是問題份子，從失蹤的林美嬿夫妻開始，年輕時高林美就是悍婦一枚，佔人便宜，擺攤搶地盤還把人揍到半死都不覺得自己有什麼，霸道就對了。

她的丈夫陳國新也是個前科累累的傢伙，監獄才是家，家裡只是度假村，而且每個都有暴力傾向，一言不合就是打，連高林美這麼厲害的女人，在家也只有被打的份而已。

只是早年沒有什麼家暴專線，但即使有……也沒幾個人敢插手；因爲陳國新早就放話，誰敢干涉他們家家務事，他第一個殺他們全家。

高林美生了四個女兒，全部都在未成年前就跟人跑了，也全部都是未成年媽媽，有兩個沒兩年就離婚，再把小孩帶回來。家庭教育非常差，還一路傳承，現在那個阿雀以前開賭場兼討債，凶悍程度是青出於藍。

「會不會又是魔神仔？」連紅豆湯店老闆娘都搭話了，「那個水電林桑不是說了，他是跟著一個小孩走的！」

「嗳，他是去山裡啊，林美嬿是待在阿好家！」里長太太擰起眉，「魔神仔都是在山裡的，我記得他們無法隨便進人家家裡吧？」

「嘿呀，都是些山裡的精怪，好玩愛作弄人，所以也沒傷害林桑吧！」

「林桑的狀況應該也都還行吧？」

里長太太應付性的回應，她也不好說太多，畢竟相關事情還是要由警方去交代比較妥當！好不容易等紅豆湯好了，她拎著趕緊離開，實在不想再遇到人，雖然大家都是好奇加關心鎮上連續的失蹤事件，但問她沒用啊！

終於逼近家門口，她卻留意到了一個奇怪的身影。

有個女孩蹲在他們家的外牆，看上去相當無助，而且衣服相當的髒汙，長髮亦亂七八糟。

「小妹妹。」她把機車先停在門口，左顧右盼後緩緩逼近。

女孩聽見她的聲音，緩緩抬頭，面露懼色的瑟縮著，全身都瑟瑟發抖。

「不怕，不怕，我是里長太太。」她趕緊溫和的說，「里長就是爲里民服務的，妳怎麼一個人在這裡？迷路了嗎？」

女孩抖得更厲害了，手往後貼著牆半站起身，一副要逃走的樣子。看見她站起，里長太太才得以看清楚她身上有許多傷痕，雙腳赤裸都磨出了血……里長太太突然想到了最近甚囂塵上的女孩失蹤案。

這個看上去八、九歲的女孩，完全符合啊！

「妳別跑，妳跑了萬一壞人又抓到妳怎麼辦？」她才說完，女孩立即哭了出聲，「不哭不哭，妳看這是我家，門口貼著里長的牌子，我沒有騙妳，我不是壞人！」

女孩顫巍巍的往牆那邊看去，里長太太還趕緊退後，不給孩子施加壓力，指向門牌下的牌子，真的寫著「和氣里里長」的字樣。

「里……長，」女孩聲如蚊蚋的說著，「是好人嗎？」

「對，里長是好人！妳別怕，我立刻請人來幫妳！」里長太太趕緊拿出手機，她應該要先報警。

「嗚……嗚……」眼前的女孩突然爆哭出聲，整個人倏地再蹲下身，「我好害怕，我好餓！好餓喔！」

里長太太聞言，難受得皺起眉，這孩子是遭了什麼罪？想到自己的孫女也差不多大，她就心疼不已。

「來，我有好吃的，我還剛買了粽子……啊，妳餓很久的話不能吃粽子，總之先到我家來，先喝點牛奶好嗎？」里長太太小心翼翼的趨前，深怕又嚇到孩子。

謹慎的伸手，不敢去觸碰女孩，因為她不知道這女孩遭受了什麼，怕不小心就嚇到她。女孩抬起頭，淚眼汪汪的望著她，最終發著抖搭上了她的手。

里長太太眼角都滲出淚來，她趕緊拉起女孩，忙不迭的拿出鑰匙開門，先帶女孩進屋，把剛買的晚餐跟紅豆湯擱在餐桌上，女孩什麼都不敢碰的站在餐桌邊，兩眼發直的瞪著那香味四溢的食物瞧。

「欸，先喝點牛奶。」里長太太從冰箱裡拿出鮮乳，「妳餓太久的話吃粽子不好，妳先喝這個，我想著用什麼給妳吃。」

女孩看著遞過來的杯子，啜泣著擠出笑容，「謝謝！」

「我看看家裡有什麼現成的給妳吃……」里長太太轉身打開冰箱，看著其實很空的冰箱。

女孩沒有喝牛奶，而是緩緩的把杯子放回桌上，看著蹲在冰箱前的女人身影，「我想吃炸雞。」

「咦？」

晚上八點半，里長終於回到家，停好車後走過庭院，推開滑軌玻璃門進入客廳，香氣撲鼻而來！他有點詫異，久不下廚房的妻子怎麼今天突然有了興致？

「我回來了！」推開玻璃門，這可是蔥爆牛肉的香味兒啊，「好香啊！」

「回來啦！」廚房裡遠遠的喊著，油煙倒是挺重的，「換個衣服洗洗手，等等準備開飯了！」

里長走進廚房，剛好看見蔥爆牛肉盛盤，看得食指大動。

「天哪！妳怎麼突然想下廚？」里長不明所以，又驚又喜，「我記得妳最討厭油煙味啊！」

「今天特別啊，而且你最近太辛苦了，先是林桑，又是林美嬿。」里長太太說著借過，將菜餚擱上餐桌。

里長跟著走出，看著一桌佳餚，炸雞、三鮮、滷肉，道道都是硬菜，肚子也跟著咕嚕咕嚕叫了起來。

他立即去洗手，也顧不得換衣服了，先飽餐一頓再說，老婆是說對了，累死人了！

「來，坐下吃飯。」里長太太爲他盛了飯，「特地爲你做的，就好好放開來吃……啊，手機。」

里長一怔，「要我手機幹嘛？」

「好好吃飯！就半小時，不接手機不會死。」里長太太抽過手機，調成無聲，「不然那個阿雀一定吵死人。」

「厚！」提起阿雀，里長頭就疼，「那個女人……眞的是誰都拿她沒輒，罵人之難聽，什麼事都是應該的似的，她媽媽走丟也不想想自己每天都把林美嬿扔在阿好家，她就沒責任？還想在警局當總指揮？」

「一家子都一樣，垃圾。」里長太太扯了嘴角，「她那個姘頭呢？」

「一樣，說什麼叫黑道來找都比叫警察快。」里長皺著眉，「我聞他們身上有股臭味，分局長跟我說是毒品，這件事後他們想搜。」

「他們家不意外啊，全是人渣！要我說，幸好那個阿政離開了，不然現在還能當警察嗎？」里長太太爲丈夫夾菜，里長立即大口扒飯。

久未吃到的美味，讓他滿嘴留香，顧不得油嘴油臉的，抓起炸雞就啃。

「眞的幸好是之前的老分局長收養了阿政，雖然沒幾年就生病走了，但至少幫了那孩子！不然現在不知道成怎樣！」里長深表讚同，「那個阿雀就是揪著阿政不放，一直罵他不孝，他們好歹也養了他幾年，忘恩負義什麼的！」

「養？是也沒錯啦，但養幾年就打幾年吧！我印象中他們家的孩子，身上就沒一處好地兒耶！」每個小孩全身都是瘀青。

「楊分局長另外派工作給阿政，但阿雀這樣鬧，遲早阿政得去找他阿嬤。」

里長無可奈何，「我是被轟炸到受不了，我已經跟他們說了，這周末紫馨不是要回來！我放假，叫他們別吵我。」

紫馨是他們的孫女，每個月的第二個週末，兒子都會帶著全家回來看他們。

「啊……」里長太太面有難色，「宗思說紫馨在鬧脾氣，不想回來，大概嫌這裡無聊吧？」

里長登時皺了眉，明顯不悅，「一個月也才回來一次，而且才六歲的孩子知道什麼是無聊嗎？玩具帶著不就好了！」

「就說紫馨在鬧，也不知道怎麼辦……大概在幼幼班認識了朋友，說假日想去找朋友玩。」

「一個月也才回來個兩天而已……好！」里長顯得非常不滿，「他們是怎麼教孩子的，這時應該要教育她難得回來陪阿公阿嬤才對……沒關係，他們不來，我們去。」

太太夾菜的手略頓，才把那塊魚放到里長前的盤子，「我們去啊？」

「我已經把事情排開了，就爲了紫馨要回來，都說了這週末要等我孫女回家，我這麼重視這件事，孩子們也該注重！」里長義正詞嚴，銳利的眼神看向對面的妻子，「妳去跟宗思說，我們去找他們，不過就一小時車程。」

里長太太沉默下來，這無疑是給孩子壓力，但她不好說什麼，這個家一向是丈夫在做主，她只是看著一桌的佳餚，再爲老公夾菜就是。

只是氣氛自然不佳，本該美好的晚餐就這樣僵持到最後，她也沒機會說出原本想說的話。

吃飽喝足，里長放下碗筷，家務本就是妻子的責任。

「記得跟宗思說！我先去洗澡。」里長瞥了眼蓋在桌上的手機，竟也不想拿，「我眞希望周末前高林美能出現，讓我好好休息。」

「嗯。」太太應著，每道菜都有剩，她的確是煮太多了。

看著那盤黃澄澄的炸雞，目光瞄往廚房邊的小房間，不知何時女孩已經到了門口，黑暗中的雙眼，閃閃發光。

里長進屋去換衣服，心裡還是有股無名火，他每個月都在期待相聚的日子，一次都不願錯過，結果那孩子居然排拒？沒關係，孩子不喜歡來這鄉下地方，他們可以去！

剛脫下襯衫掛妥，往後一退，穿衣鏡後瞬間出現了一個小小的身影！

「誰！」他嚇得回身，人都沒看清楚，那影子飛也似的消失。

急急忙忙的追出去，整個客廳卻沒有人，但他清楚的聽見有人奔上樓的聲響，腳步聲在階梯上急促的咚咚咚！

「家裡有別人嗎？」他緊張的看著樓梯，但走向了廚房。

妻子沒有在收拾，而是站在餐桌邊，有些呆滯。

「喂！我在問妳！家裡還有別人嗎？我看到一個孩子剛剛在我門口！」

「喔！」太太回神似的，「喔，我今天在外面撿到一個女孩！」

「什麼？撿到？」

「嗯，一個小女生，我先把她接回來。」里長太太突然僵硬的往左轉了三十度，看向客廳的方向。

「妳怎麼……妳在看什麼？」面對著妻子的里長跟著向右回頭，卻赫見他那六十萬的原木茶几上，站著一個髮長及臀的瘦小女孩！

女孩懷裡抱著一個看上去很破爛的娃娃，髒兮兮的裙子，削瘦但詭異的站在桌子上。

問題是，里長眼神往天花板瞄了眼，她如果在這裡，那剛剛上樓的是誰？

「好吃嗎？」女孩幽幽的開了口，低垂著頭、披散著的長髮，讓里長無法看清她的臉。

「她說想吃炸雞，我就煮了！」太太微笑接口，「想起好久沒煮頓好的給你，也就順便煮了頓大餐給你吃！」

里長無法專心理會太太，但鼻間卻聞到了一股臭味，他回頭看向妻子，餘光掃到了餐桌桌面，剛剛那一整桌色香味俱全的菜餚，所有的時鮮綠蔬、蔥爆牛肉，甚至是鮮黃的炸雞，如今全部成了清一色的褐色！

滿滿一整桌，每盤都是腐肉與泥土，蛆蟲與蚯蚓在上頭鑽進鑽出，不管是青菜或是肉，所有食物都變成了腐爛的肉！

「還要再吃一點嗎？」太太用筷子夾起了一塊滿佈蛆蟲的腐肉，笑著看向他。

所以他剛剛吃的都是——噁！反胃湧上，里長掩著嘴衝向廁所，大口大口的吐了出來，在他嘔吐的瞬間，那可怕的腐味充斥在鼻息之間，而伴胃酸湧出的食物，眞的全部都是被嚼過的蛆蟲與蚯蚓！

這是怎麼回事!?他覺得他快瘋了，太太是去哪裡撿這些東西來煮的，而且剛剛明明都是美味的菜餚，爲什麼變成這些!?

廁所裡是里長連續不斷嘔吐的聲音，而里長太太則默默帶著笑，依然站在桌邊。瘦弱的女孩跳下茶几，用冰冷的眼神向上瞪著里長太太。

「吃，把這些都給我吃完。」

聞聲，里長太太立刻夾起桌上的「菜餚」，一口一口往嘴裡送。

女孩身體對著里長太太，脖子卻喀嚓的向左看去，轉動間顯得不太順暢，她伸手自己喬了喬頭骨，然後走向嘔吐聲不斷的廁所。

里長抱著馬桶狂嘔，吐出了一馬桶的蟲子，而蟲子中還有未死的在馬桶裡爬行掙扎，看得里長背脊發涼，心驚膽顫——喝！

壓力襲來，軟坐在地的他，可以感到門口站著人，就在他背後。

「里長是好人嗎？」稚嫩的女孩聲音傳來，「想玩遊戲嗎？好玩的喔……」

里長戰戰兢兢的回頭，站在門口的女孩歪著頭，即使長髮蓬亂遮面，他也可以知道她在笑……

然後，她彎了身子，開始脫下自己的內褲。

「住手！妳是誰——」里長驚恐萬分，全身發抖的看著這個不速之客……這不是人！這怎樣都不是人啊！

「我們來玩一個遊戲，叫做我需要里長服務……」女孩小小的手捏著自己的內褲，冷不防的朝里長扔了過去！

啪噠一聲，正中里長臉蛋的內褲，炸出的是成千上萬的蛆蟲！

「哇啊啊啊——」蛆蟲爬滿里長的臉，鑽進他的眼他的耳他的鼻他的嘴，他歇斯底里的衝了出去！

明明該撞開那個詭異的女孩，但他卻硬生生的穿過了她！

「走開走開！」里長發狂撥開滿臉蛆蟲，牠們甚至鑽進了他的衣服裡！「哇啊啊！」

里長瘋也似的脫著衣服，又叫又跳的在家裡左撞右摔，而里長太太持續坐在餐桌邊繼續吃著那桌「食物」。

「把蟲用出去！快點把蟲給我用出去啊！」里長跌跌撞撞的爬到餐桌前對太太喊著，但里長太太沒有回應。

他踉蹌的轉身進了廚房，衝到了洗手台下，打開水龍頭就想沖掉滿臉的蛆蟲。

但，落下的卻是如瀑布般更多的蛆蟲。

「啊啊啊啊啊——」里長崩潰的手胡亂抓握。

鏘，終於抽起了刀架上的刀。

「走開！啊啊啊啊啊——」

抱著娃娃的女孩用有穿鞋的那隻腳跳著奇怪的舞，她每個關節都像斷掉過似的，喀吱喀吱，慢條斯理的朝著大門走了出去。

而在五分鐘路程之外的神祈山口，阿忠點燃一根菸，開窗吐出白煙。

「這種時候還叫我們來這邊巡邏是要幹嘛啦！」阿牛看著外頭漆黑黑一片就覺得毛，「黑七抹烏的。」

「要我說喔，這些路燈都得加，我們這裡路燈太暗了！」阿忠無奈得很，「誰叫林美嬡還沒找到啊！林伯才從山裡出來，又帶一個走。」

「哩嘛咖厚欸！林伯是去山裡才被魔神仔帶走，這大家都知道，問題是陳家那個林美嬡已經不能走了……」阿牛才在說，突然不遠處見到一搖晃影子，嚇得抓住阿忠，「靠北！有鬼！」

「什麼！」阿忠被他這麼一喊也嚇到了，緊張的捏緊了菸，「什麼鬼!?」

只見阿牛發抖指向前方，他們現在在入山口附近，時間是晚上九點，這時候根本不可能有人出入山裡！林伯找到後鎮民都撤了，宮廟也暫時沒繼續進行敲鑼打鼓的事……

但這方向，是從山裡走出來的人啊！

只見那人影搖搖晃晃，阿忠揉了幾次眼睛，只看見身影越來越近，「你現在還是有看到嗎?」

阿牛抖得說不出話來，「怎麼辦?學長?」

「幹！不能自己嚇自己！」阿忠深吸了一口氣，驀地打開了大燈。

啪，遠光燈直接打得又直又亮又遠，那黑影像被嚇到似的，伸手一擋，下一秒就消失了！

「哇啊啊！眞的是魔神仔啦！」阿牛嚇得哇啦啦大叫，抓起車上掛著的觀世音像就開始唸阿彌陀佛！

阿忠擰著眉定神一瞧，轉頭就朝阿牛頭上巴下去！「好兄弟咧！那是人，他跌倒了啦！」

阿忠急忙打開車門衝過去，來人被突然亮起的遠光燈一照，嚇得失去平衡，才向後倒去跌地，在視線內失去蹤影。

只是還沒奔到，阿忠就緩下了腳步……他發愣的看著坐倒在地、一臉茫然還在遮著強光的人，腦袋一片空白。

「林美嬿？」

第五章 尋回來的人們

神祈鎮眞的片刻都沒消停過，才找回一個老人家，卻又失蹤了另一個，高林美的失蹤沒有被特別關注，是因爲她不是在山裡走丟的，記者們原本以爲又可以炒一波魔神仔的話題，結果一聽是在鄰居家失蹤，就沒什麼興趣報導了，覺得不過是老人痴呆的走失吧！

結果再沒兩天，神祈鎮的和氣里的里長居然自殺，這會兒記者們又蜂湧而至，連林美嬚被找到的事都沒人想報導了，轉來轉去也就只有一台的記者順口帶一下而已。

難得排休，厲心棠到附近的日本料理吃生魚片，架著的手機明明在看劇，下一秒硬是被切到了新聞台。

「拉彌亞叫我不要管這件事耶！」她無奈的看著對面的位子，她看不到魔神仔，但是感受得到某種渴望的情緒，「我知道你想去，我也想啊，可是……」

拉彌亞說她幫人類不是不行，但要收取代價，就像「百鬼夜行」的業務都會收取相應報酬，不能當免費義工，因爲人性很賤，習慣得寸進尺，一旦免費服務後，大家都會視爲理所當然，稍有怠慢還會被罵，外加撂一句「當初誰逼你做了」！

想想也對，之前幫一位吊死鬼找到凶手，結果她還差點被殺、闞擎也受傷；

上次幫一起長大的水鬼尋找他生前是怎麼死的，她卻又險些成爲世上第一個在洗手台溺斃的人……幫大家找回生前的記憶跟人生她其實很開心，但除了危險外，沒收取到什麼報酬啊！

問題是，她能收什麼？冥幣她又不能用！

「我爲什麼看不見你啊？」她抱怨著，「之前在神祈鎮時就可以啊，闕擎說是因爲你不想讓我看見！」

她沒有陰陽眼，但她卻可以感受亡者的「情緒」，因此靈體的喜怒哀樂，只要認眞體會她都能夠略知一二，現在對面的魔神仔就是……嗯，沒反應。

手機突然來電，她隨便瞥了眼，瞬間放下筷子，驚愕的接起來。

「喂？」

『妳在哪裡？』

拿著電話的厲心棠半晌說不出話來，重新看著電話螢幕，腦子裡還在運轉著，她是不是幻聽了？

『喂？喂？』電話那頭的男人以爲收訊不好。

「我在吃飯，家附近的日料店……」她報了店名，對方即刻知曉並掛掉。但厲心棠還是有點兒傻，幾秒後哇了聲。

闕擎打給她耶！天是下紅雨了嗎？

她突然心情超好，夾起一塊一塊的壽司品嚐。十分鐘後，店外便走進了吸引目光的黑衣男孩。

冬日裡男孩一襲黑色大衣，相同黝黑的頭髮，前髮覆額，高挺的鼻子與淺粉的唇，纖瘦頎長的身材，頸間那條灰色格紋短圍巾更襯氣質，端正的五官看上去有種神祕的氣質，宛如故事書中走出的王子……地獄王子。

他一眼就看到紅色的運動外套，噢，還有他對面的厲心棠。

「我就知道。」他筆直走向她，頭也不回的就對著由右後方走來的店員交代，「跟她吃一樣的。」

魔神仔立刻跳下椅子讓位，好讓闕擎坐下。

「他纏著妳嗎？」他輕巧的取下圍巾，邊瞄著已經消失的魔神仔。

「不……算吧？這兩天他晚上都到店裡去，拉彌亞爲他開一間專門包廂，他也有付錢。」厲心棠笑望著他，「你擔心我嗎？還特地來找我喔？」

店員紅著臉送上熱茶，闕擎淡淡道謝，端起熱茶吹了口氣，「我擔心他。」

厲心棠當下收起笑容，沒好氣的翻了白眼。

「他有什麼好擔心的，在店裡不會有人傷害他啊！」她完全表示出自己的失望，「我還想說什麼風把你吹來，還打電話給我耶，你那支手機一年用幾次啊？」

「看到新聞了嗎？神祈鎮某個里長慘死卻是自殺，那天失蹤的阿嬤從山裡走回來了！」闕擎沒在理她說什麼，「而這個魔神仔跟著我們回來後，又一直待在百鬼夜行不走，他在躲避什麼？還是害怕什麼？」

嗯？厲心棠眨了眨眼，「你覺得山裡有東西？」

「那山裡本來就有東西，但我覺得有更不尋常的事情……」闕擎沉吟著，魔神仔的身影突然又在其他座位旁東張西望，看著他人盤裡的東西口水直流，「他不回去我就覺得不對勁。」

闕擎裡面穿著深灰色毛衣，因爲天氣冷，他的手大部分都藏在袖子裡，隻手撐著臉，只有幾根手指外露，卻顯得可愛極了！

「你不是最不喜歡管他人閒事嗎？」厲心棠覺得有點離奇，「而且魔神仔也沒去纏你。」

闕擎突然挑高了眉，「妳確定？」

「咦？」嘴裡剛塞進一整顆甜蝦壽司，厲心棠吃驚的看著他，「他有去纏你？」

「每天在宵夜街等候，我每天為了甩掉他，費盡九牛二虎之力。」他無力的搖著頭，「最後失敗。」

魔神仔一路跟著他回家，只是幸虧他未雨綢繆，因為他覺得魔神仔的針對性太強，所以早在回家路上設下了防護網，拿土地公跟佛祖設下路障，不讓魔神仔接近他住的地方。

店員送上餐點時，厲心棠已經拿過手機傳遞訊息，她明白了闕擎所言，不離開的魔神仔、詭異的神祈山與神祈鎮，所以線人得報告一下了！

「拉彌亞他們反對我接無酬案子，所以叫我不要碰魔神仔的事，不然我想去看看那個林伯伯的。」厲心棠邊滑手機邊說著，「我跟阿忠說了，我想知道那邊的事……」

手指在手機上一顫，厲心棠看著手機蹙眉，魔神仔突然瞬移到她身邊，小手一擋，手機即刻關機。

看不見魔神仔的厲心棠嚇了一跳，對桌的闕擎倒是直接伸手抽過她的手機，「當機了嗎？」

「不知道……」她轉過頭，鼻尖幾乎要貼上魔神仔的鼻子，「是魔神仔弄的嗎？」

闕擎稀鬆平常的翻轉手機查看，「不是。」

「那可能過熱了！」她喃喃說著，喝了口茶。

魔神仔來到闕擎身邊，他趁厲心棠沒注意時睨了魔神仔一眼，手機驟亮，畫面是剛剛厲心棠操作的頁面，與阿忠的對話視窗。

這神經是能多粗？阿忠居然傳了一整組命案現場的照片過來，某位男人趴掛在洗手槽邊，整間廚房鮮血飛濺，到處都有肉條狀的東西，一張流理台上還有兩顆剜出的眼珠。

下一張是近照，血肉模糊的臉部，又割又挖，臉皮都快全被切下，然後是一整桌噁心的腐肉蛆蟲餐桌。

「好了嗎？」厲心棠伸長手要拿回手機，「我剛還沒看到。」

「看到第一張了吧？後面更誇張。」闕擎搖了搖頭，「不需要看。」

厲心棠扯扯嘴角，「是那個里長的現場吧，就……」

「對食慾沒幫助。」他又朝左使了個眼色，魔神仔用那雙帶著殘肉的小手上下一拍，把手機包在掌心中，再鬆開時，厲心棠恰巧取回手機。

她上滑下滑，不可思議的看著闕擎，「你刪掉了？」

「不是我。但有的東西妳不需要看，聽我敘述就好。」他拆開筷子開始進食，

「總之死得蠻慘的，吃飽我再跟妳說。我還好奇那個不良於行的阿嬤是怎麼走到山裡又走出來的。」

厲心棠沒有再爭執這件事，她有預感剛剛那些照片應該很慘烈。

「魔神仔特意下山到民居中帶走阿嬤嗎？這有點匪夷所思……這不像是傳統魔神仔的作爲。」說歸說，他們店裡就有一位離開山裡的魔神仔啊，「里長的死有蹊蹺是吧？可是自殺爲什麼會這麼慘？」

闕擎點點頭，「魔神仔不走，只怕想要解決的不是瞭解自己的人生，是要我們去神祈鎮解決其他魔神仔的事吧？」

緩緩將壽司送入嘴裡時，闕擎那雙深黑的雙眸，注視的卻是桌邊的魔神仔，男孩蒼白的臉點了點頭，劃上一個淺淺的笑容。

厲心棠卻哇了聲，「我們？這可是你第一次自願跟我跑耶！」

「嗯哼。」闕擎毫不否認，「我就是覺得……」

後面的話他沒說，繼續吃著壽司，眼神放在桌邊那瘦骨嶙峋的男孩臉色，那雙青紫色、皮肉揭起的手，滿是傷痕的臉，過瘦而看起來超大的雙眼，他就是放不下這個孩子。

「我想要平靜的買宵夜，過我的日子。」好幾分鐘後，他才想好一個彆腳的藉口。

「噢。」貼心的厲心棠也不戳破，「吃飽就走！」

她超想知道，被魔神仔帶走的人，到底在山裡是什麼感覺喔？

高林美坐在搖椅上，雙目呆滯的望著前方，陳姿雀在旁邊猛抽著菸，一副不耐煩的模樣，一根接一根。

「少抽兩根吧？咳咳咳……」阿好嬸不太高興的咳著，「妳也知道我不喜歡菸味。」

「不喜歡就不要聞啊！」一旁的男人不爽的嚷著，「這空氣妳家的喔？幹他媽的唸個沒完！」

阿好嬸當下扳起臉孔，陳姿雀不滿的推開男人，「閉嘴啦！怎麼跟阿好姨說話的！」

「帶回去帶回去！」阿好嬸不爽的下起逐客令，「對，空氣不是我家的，但這裡是我家，讓你們方便在這邊囂張，帶回去啦！」

她怒氣沖沖的轉身進入主屋，陳姿雀凶狠的看向男友，男友居然還不爽的想要追上前對阿好嬸嗆聲，挽起袖子一副要幹架的樣子。

「你在幹啊？沒有阿好姨照顧老太婆，我們能逍遙嗎？」陳姿雀用力推著男人的胸膛，「你囂張，你拔扈，在老人家面前逞什麼威風啊！」

男友被推得踉蹌，手還指著裡面，「她那什麼態度！」

「這是她家！」陳姿雀翻了個白眼，「你以爲媽在這裡坐是理所當然喔？阿好姨不是我們親戚耶！她沒義務幫我們！」

「你們立刻給我走！」裏屋傳來阿好嬸不爽的喊叫聲，她是眞的被氣到了。

「走！走就走！」男人轉身就想走，陳姿雀每天都會問自己到底爲什麼跟這男人在一起。

「走去哪兒？」陳姿雀雙手交叉胸前，「要帶媽走啊！」

男人回頭睨了她一眼，顯得不耐煩，「就讓她在這兒坐就好了吧！」

「阿好姨都下逐客令了，你是耳背嗎？阿好姨沒有義務照顧媽！」她不爽的拉過男人，朝搖椅邊走，「你惹的禍，你負責把媽帶回去。」

男人瞪大眼睛，「回去哪兒？」

「我們家啊，不然還能回哪兒？」陳姿雀不爽的催著，「她走不了你就給我用抱的！」

「抱……陳姿雀！爲什麼要帶她回家啊？」男人完全不能接受，「我才不要！」

「不要你就滾！她是我媽！」陳姿雀怒吼的指向男人，「那是她的房子，你在靠北什麼！」

「我去你的！」男人不爽的幹譙，眞的甩下了她們，怒氣沖沖的離開了阿好嬸家。

陳姿雀亦怒火中燒的不停咒罵著，激動的抖著手又點起一根菸。

老太婆莫名其妙的失蹤，還莫名其妙的去了山裡，餓兩天後狼狽回來後，卻一臉失神的模樣，問什麼都像沒聽見，無法做出任何反應，只會呆坐著。

前晚被警察找到後，她今天一早就接回來了，他們家沒多餘的錢住院，老太婆也沒受什麼傷，點滴打過就好了！但老太婆完全無反應，警察想做筆錄也根本沒辦法！

「媽！妳是鬧夠了沒？」陳姿雀不爽的扯著臉，「妳不可能一個人走去山裡，到底誰帶妳去的？」

高林美依舊坐在搖椅上，什麼反應都沒有，一雙眼睛連眨都沒眨過，發直的看向遠方。

「就叫妳不要在我這裡抽菸了！」阿好嬸再度走出，「妳又點一根？」

「哎唷，妳不是進去了嗎？進去就聞不到了！」陳姿雀不耐煩的起身，推著阿好嬸往屋裡走，「妳進去進去，再讓我抽一根！」

「誰讓妳抽啊！走！走！我就是對妳們太忍讓了，從今往後，不要再把阿美帶過來我這裡……」阿好嬸難得反抗的甩開陳姿雀的手，只是這一回身，突然發現門外有身影，「咦？」

陳姿雀跟著轉頭，在門口看見了戴著粉色毛線帽的女孩。

「嗨……」厲心棠跟誰都可以自然打招呼，「打擾了！」

「啊啊……」阿好嬸甩開陳姿雀，趕緊朝他們走去，「你們是那天的年輕人啊！之前沒看你們出來，大家都說你們也被魔神仔帶走了！」

「沒有啦！我們當天就回家了！」厲心棠回得超自然，「聽說找到林伯伯了，就想過來看看……」

跟在後頭的闕擎看向高林美，看上去乾乾淨淨，她身上什麼傷都沒有。

陳姿雀站在小階梯上，用不爽的雙眼打量著他們，厲心棠抬頭觸及她的眼神，第一時間便笑開了顏。

「您好。」

「嗯。」陳姿雀敷衍的回應著，「誰？」

「啊就是……」阿好嬸也不知道該怎麼說。

還沒講，外頭又走來了熟悉的身影，陳姿雀一見到來人，立即一副要幹架的姿態，甩下菸大步朝門口走去。

「用不著這麼囂張拔扈的，別忘了我姓李。」李政然漠然的看著她，手裡已經拿著電擊棒，「再一次襲警，就不是輕輕放下這麼簡單。」

「我襲警？我教訓我外甥犯法了嗎？」陳姿雀眞的沒在怕，揚起手就要朝李政然巴下去，他倒也沒想躲，準備電擊。

但紅影迅速閃過，陳姿雀莫名的腳一磕絆，整個人往前撲倒，李政然選擇飛快的退開，避免她撞上電擊棒。

「啊啊……」陳姿雀重重摔落地，措手不及。

「沒事吧！」好人厲心棠上場，趕緊過去攙扶，闕擎趁機一轉身就來到高林美面前，看進她那渾濁的雙眼——

靈魂不在！他只瞧見一片渾沌，這個阿嬷即使他在面前，眼神沒有一絲動搖，她根本看不見他！

「唉唷，阿政！」阿好嬸連忙走來，「你來得正好，行行好，我幫忙照顧阿美夠久了，我不想再蹚這個渾水了，快點把你阿嬤帶走！」

李政然勉爲其難的看向阿好嬸，「我會幫忙的，但是阿好嬸，她不是我阿嬤。」

阿好嬸一怔，面有難色的抽著嘴角，尷尬得不知道該說什麼。

那邊的陳姿雀剛被扶起來，倒也沒感恩之情的即刻甩開厲心棠，怒氣沖沖的回身，即刻指向李政然。

「什麼不是你阿嬤！你這忘恩負義的混帳！還警察咧，你那個條子老爸是這樣教你的喔？做人知不知道飲水思源啊？」陳姿雀指著李政然破口大罵，「你以爲被收養就跟我們家斷絕關係喔？少來啦，你身上就是流著我們家的血，那個什麼AND就是有啦！」

「DNA。」厲心棠禮貌的糾正！

「幹！關妳屁事，糾什麼正？會唸書了不起喔？」陳姿雀回頭就朝厲心棠啐了聲，伴隨一堆髒話，「我們家家務事，外人少插嘴啦！」

哇喔！厲心棠暗暗挑眉，眞是個厲害的阿姨，每句話都帶髒話，越髒唸得越順，全天下都該讓她，眞正一身霸氣的四方霸主啊！

「誰跟妳一家人，這也不是家務事，我是警察，今天是來談公事的。」李政然也是厲害，平心靜氣的彎身看向高林美，「林美嬤，妳能聽得見我說話嗎？」

空殼一具，她不會回應的。一旁的闞擎暗暗搖頭，這個老人家軀體回來了，但三魂七魄遺失得太多。

「還敢嘴？血緣關係不是你想斷就能斷啦！」陳姿雀沒放棄的繼續嚷嚷，「你阿嬤的事你想管就管，不想管也得管！」

「我這輩子最大的遺憾，就是跟妳們有血緣關係。」李政然冷冷的瞥了陳姿雀一眼，「如果可以換骨髓，我會很樂意把這個DNA從我血液中洗去。」

「夭壽喔！我生眼睛沒看過你這樣不孝的人啦！還當警察？」又是一堆髒話。

「厚啊啦！」阿好嬸厭煩的分開兩人，「你們要吵離開這裡去吵，阿雀啊，妳少說兩句，你們以前怎麼對孩子的，現在還敢要求他？」

陳姿雀狠狠瞪著阿好嬸，彷彿她剛說了什麼要不得的話，「為什麼不能說？不然我們這麼辛苦生孩子幹嘛的？就是要有依靠啊！」

阿好嬸眼見陳姿雀不可理喻，轉而看向李政然，「阿政，阿好嬸不知道能說什麼，攤上這個家是你的命運，有些事逃不掉！逃不掉的話……試著放下，對你或許比較好。」

李政然沒有回應，只是微笑頷首，然後準備拉起高林美，協助把她送回家。

「外人沒有資格叫別人放下。」

冰冷的言語自一旁的男人口中說出，闞擎用極其無情的眼眸，看著自以爲是的阿好嬸。

「蝦……蝦米？」阿好嬸被那雙眼看得有點膽戰心驚。

「不是當事者，什麼都不知道的人，沒有資格說話，叫人放下都是在說風涼話。」闞擎不屑的瞪著阿好嬸，「少在那邊自以爲是。」

接著，他轉身便走，李政然嘆口氣，輕而易舉的把高林美從搖椅上抱了起來。

所有人都呆住了，包括厲心棠，闞擎怎麼突然這麼嚴厲，而且還不是針對陳姿雀，是阿好嬸！

「妳……」阿好嬸被打擊到一臉傷心，難受得碎碎唸進屋去。

厲心棠則追著闞擎往大門奔去，她現在最好什麼話都別說對吧？闞擎剛剛就是不爽，他每一句話都像冰一樣，四周空氣彷彿都結冰了。

一出阿好嬸家，就看見紅色的身影在前方蹦蹦跳跳，陳姿雀也突然安靜的跑出來帶路，這個肖年欸突然罵阿好嬸實在很奇怪，尷尬得害她也不知道怎麼接。

陳姿雀其實就住在阿好嬸家隔壁兩棟而已，果然很近，李政然協助把高林美抱回家，一樣有庭院有主屋，他將她放在客廳的藤編椅上。

闕擎站在主屋外環顧四周，這是人住的地方嗎？光這個藤編椅旁到處都是垃圾跟蟑螂，茶几上擺著已經發霉幾百年的便當跟飲料，地上都是垃圾跟衣物，空氣中瀰漫著臭味。

「呃……」站在門口的厲心棠突地縮起身子，開始瑟瑟顫抖。

好可怕的情緒……她現在是打從心底恐懼，怕什麼她說不上來，但是她怕踏進這裡、怕這個家、怕裡面的東西，每個都讓她逼近崩潰的恐懼。

「厲心棠。」闕擎連忙上前，屋裡的李政然感到異狀回身過來探視，他一逼近，厲心棠的恐懼感瞬間消散。

她大大的鬆一口氣，腳有點發軟。

「妳怎麼了？不舒服嗎？」李政然關切的問。

「沒什麼……只是有點頭暈。」厲心棠自然的回應，才伸出手，闕擎即刻握住拉過。

「旺旺！旺旺！我們回家囉！」陳姿雀站在樓下喊著，「這死狗是跑到哪裡去了？幾天不見了……」

李政然回身看向呆坐著的高林美，她維持著剛被放下的姿勢，直挺挺的，像個假人。

「她不說話也不吃東西，這樣我連筆錄都無法做。」李政然朝著沒理他們、又在點菸的陳姿雀交代，「她如果清醒了，再請跟我說。」

「就這樣喔？你阿嬷跟你阿姨肚子餓了，好歹買個便當吧？」陳姿雀光明正大的要起飯來，「好，你說跟我們沒關係對吧？那警察大人、人民褓姆，我餓兩天了，買個便當行行好吧？」

李政然只是淺笑，回身就往屋外走去，經過厲心棠身邊時，還請他們出來一趟。

果不其然，背後響起連珠炮般的髒話，伴隨著踢東西與摔物品的聲響。

「我不帶你們走，陳姿雀會纏著你們要錢，等妳一把錢包拿出來，她會整個搶走了。」李政然到了門外，鄭重的對著厲心棠警告，「財不露白，尤其在這戶人家面前。」

「噢……」厲心棠其實很詫異，「這樣嚴重喔？」

「對，他們家全部都一樣，她還算勉強正常的了！」李政然突然留意到重點，「你們怎麼跑來這裡了？來找阿忠學長嗎？」

「啊……啊我是想來看看那個林伯伯。」厲心棠自個兒都差點兒忘了，「好歹我們也有幫忙嘛，有點擔心他的身體。」

「還有他在山裡遇到了什麼？」闕擎說著實話，因爲厲心棠的說法太冠冕堂皇，誰信？

「哦，好！我載你們過去吧！我也要到醫院去。」李政然大方的領著他們走回停在阿好嬸家外頭的警車，「現在人手不夠，所以我要先放在交通跟失蹤案，得先幫著處理最近發生的事。」

「但我看那個阿嬤都不說話耶！」厲心棠下意識朝向闕擎，「你剛有跟阿嬤聊聊嗎？」

「沒有用，她只是身體回來了，魂魄沒有都回來。」闕擎毫不保留的直說，「我好奇這座山關於魔神仔的故事，發生過很多次嗎？」

正要開車門的李政然些微錯愕，蹙起眉顯得憂心忡忡，請他們先上車再說，這兒距離醫院二十分鐘路程，要到市中心才有比較大型的醫院。

「魔神仔這種事每座山都有，不管大小，掃過墓就走失的也大有人在，多半都是迷路、或是老人家記憶不好越走越偏，但是……」李政然邊開車邊跟路上的鄰里們打招呼，「林旺福也說是跟著一個小孩走，那個小孩說要帶他離開山裡，還捉魚給他吃。」

厲心棠打了個寒顫，想起那條腐爛的魚，彷彿又聞到了那個噁心的氣味。

「是捉起來又爛掉的魚吧？」

「在他眼裡是新鮮貨，而且林旺福不知道自己已經失蹤七天，他以爲一天不到。」這是當著大家的面問的，林伯還一副理所當然，「他覺得走沒多久，那天他一大早去運動，所以認爲才過中午而已。」

「那表示都沒休息？」沒睡覺，老人家體力哪撐得下去？

「他記憶模糊，只覺得就是跟著孩子走……或許有睡他也不知道？小劉組長是這樣說的，畢竟七天都能變幾小時了，記憶已不可靠。」李政然搖了搖頭，「這種事就很玄，分局長說被魔神仔帶走的幾乎都這樣，問半天也問不出來，因爲他們的記憶就是那樣。」

「可是事實上就過了七天啊，林伯伯出來後應該已經知道時間就這麼過了啊！他……不覺得奇怪？」厲心棠好奇的問，能否回憶起什麼？

「有！但再奇怪再錯愕，在他的世界中，時間就是這樣消失了。」李政然也很無奈，「而且林旺福不算失憶，在他記得的幾小時內，他可以把過程形容得清清楚楚。」

但內容非常的短暫，他看見孩子便追上前，接著發現自己迷路了！此時孩子又出現，領著他像是要把他帶到大路去，他們在山裡越走越累，偶爾停下來休息，水喝完後孩子帶他往溪邊去，讓他裝水，也抓魚給他吃……最誇張的是，林伯伯說魚是烤過的，還是他自己烤的。

厲心棠完全不想問，瓶子裡裝的「水」是什麼東西了。

「聽起來林伯是有意識可以自由問答的，但林美嬿完全不是這麼回事。」闕擎比較在意的是這點。

「對！對！」李政然跟著情緒高漲，「我以為今天可以來問出個什麼，陳姿雀把林美嬿帶回家眞的有扯，但家屬堅持醫生也沒辦法，她也沒有林旺福這麼虛弱是眞的。」

車子在談話中抵達醫院，他們跟著李政然前往探望林伯；厲心棠禮數很周到，帶了水果進入，雖然整個神祈鎭沒多少人確切記得他們，但探病的禮節她懂。

「阿政！」分局長楊逸祺在走廊上看見他，趕忙走了過來，「怎麼跑來了？」

李政然低語交代，期間指了指厲心棠他們，那天入山前有過一面之緣，分局長眼神再度落在闕擎身上，點了點頭。

「這裡也別久待，里長的事剛發生，記者都在附近晃。」楊逸祺交代著，那兩個年輕人不是不願曝光嗎？

「分局長你吃了嗎？臉色看起來很差。」李政然嚴肅的問著，楊逸祺氣色的確不太好。

有些肥胖的身材，唇色泛白，厲心棠猶豫的上前，用俏麗的微笑破冰，拿出了口袋裡的巧克力糖。

「這麼累……補充一點血糖吧！」她遞上前，楊逸祺遲疑幾秒，但沒有拒絕。一直沒吃東西的他，血糖的確太低，頭有些暈了，「謝謝！也謝謝你們惦記，還有……幫忙。」

「只是剛好！」厲心棠乖巧般的頷了首，識趣的後退數步，卻發現本該站在旁邊的闞擎不見了！

她趕緊回頭去找尋，沒兩步就遇上一個T型路口，長長的走廊上突然奔著穿牆而至的魔神仔，他回眸，朝前指了指。

謝謝。厲心棠趕緊加快步伐走去，闞擎怎麼要走開也不說一聲的。

身後突然傳來急促的輪子聲，氣氛瞬間顯得緊張，厲心棠下意識的靠著牆邊讓路，那是病床急速推著奔跑的聲音。

『啊啊啊啊——』淒厲的慘叫聲突然傳來，厲心棠瞬間嚇到，但來不及！

好痛！她緊閉上雙眼，雙手掩面，感受著刀剜的劇痛！

她手裡握著閃亮的刀，臉上又痛又奇癢無比，伸手一摸是滿臉鮮血，還摸下一把蛆蟲，她驚恐的尖叫著，蛆蟲卻跟著鑽進她的嘴裡、眼睛與所有孔洞中！

臉上全是爲了殺掉蛆蟲的切割傷，然而那些蛆蟲卻爭先恐後的鑽進他切開的傷口裡！

『啊——出去！』她瘋也似的挖出嘴裡的蛆蟲，然後眼前出現黑影，有蟲從眼頭死命鑽進了眼裡！

她的視線瞬間模糊，甚至可以看見那隻蛆蟲在她的眼球裡蠕動爬行！她的手不受控，不假思索的舉起刀，直接刺進了眼球中，希望能刺穿那隻蛆蟲。

所以她刺出了自己的雙眼，剜了出來。

但這還沒完，因爲那些蟲子沒有要放過他的意思，牠們一吋一吋的鑽著、咬嚙著，就是從四面八風要鑽進她的身體裡。

這種痛、癢、與恐懼，逼得她發狂，最終讓她割開了自己的喉嚨，爲了要挖出那些爬進他食道與氣管的蟲子們！

喝！全身打冷顫的厲心棠驀地睜眼，她不支的貼著牆腳軟，若不是潛意識撐著牆邊的扶把，早就已經倒地。

而那驚恐的一切不過須臾間，因爲輪子聲還在她左後方。

『救救我啊——』病床進入她眼尾的視線空間，正全速往前奔馳！

然後病床邊的卻都是個頭迷你的小孩子們，病床上的男人用那張割得面目全非的臉、無眼珠的血窟窿對著她，伸出手抓住了她的衣角！

她剛剛感受到就是那個男人發生的事嗎？

「呀——」厲心棠眞的被往前拉扯，跟著往前跌去。

說時遲那時快，指路的魔神仔突然回頭，助跑般的回身衝來，俐落的向上一躍跳上病床，扯掉了男人的手，厲心棠向後踉蹌，失去重心的跌坐在地。

向後倒下前，闕擎穩穩的抵住了她，讓厲心棠瞬間心安。

她看著慘叫哀嚎中被推走的病床，上頭的男人依然伸長手向著她。

「找妳幫忙是蠢蛋嗎？」闕擎一邊說一邊攙起她，「只怕妳前腳還沒到陰間，他就被分屍了吧！」

「厚！少在那邊……叔叔說過，萬事有法則的，該去哪兒就是去哪兒，他們也不能隨便插手。」她趕忙站穩，「拉彌亞或是德古拉，妖怪魔物都一樣。」

「嗯哼。」闕擎一臉隨便妳說的樣子，「沒事吧？」

厲心棠低首看著自己的外套，上面的血印讓她無法說服自己一切只是幻覺。

「你才看得見，爲什麼不找你？」她抱怨著，「那個男人經歷過很可怕的事啊！」

「哈！總是要讓妳也體驗一下我的生活吧！」闕擎居然笑了起來，還挺開心的咧！厲心棠不爽的直接推了他的背，她剛都要嚇死了！

闕擎忍著笑，腳步些許跟蹌的進入一旁的病房，厲心棠才發現她在某間病房門口，這是六人病房，右邊中間的病床，正躺著吵鬧中的林伯伯！

第六章 飢渴之徒

「阿北，你這樣不行！」護理師非常無奈，語調裡難掩氣忿，「你不吃不喝，只靠點滴也不成！」

「你們給我這什麼噁心東西！我要投訴你們醫院！」林旺福嫌惡的低吼著，「里長呢？我昨天就跟里長說了，你們欺人太甚！」

里長……護理師們交換了眼神，這要怎麼說呢？

「你找里長有什麼用！我們這都是營養師調配的餐點，你在山裡太久沒吃東西，我們要慢慢讓你恢復正常飲食啊！」護理師趕緊勸說，「稀飯跟魚，都很新鮮啊！」

「新鮮個頭！拿走！」林旺福氣得大吼，還推開桌子，「你們再這樣我就把東西丟到地上去喔！」

看起來非常有活力咧！闕擎站在床尾瞧著中氣十足的林旺福，是瘦了點，但跟高林美截然不同，絕對具有意識。

「怎麼了？怎樣了？」李政然趕了過來。

「他不吃東西，回來今天都第五天了，不能一直依靠點滴。」護理師有點憂心，「但給什麼都不吃，還發脾氣，說我們給的東西都腐爛了！」

「爛……」厲心棠湊前聞著，林旺福卻露出噁心的神情，「這東西都很好啊，你之前在山裡吃的才……」

闕擎上前掐住她的上臂，別說吧！厲心棠趕緊止住話，打趣的看著林旺福。

「伯伯，你可能不記得我了，但我們在山裡見過，是我找到你的。」厲心棠想確認林旺福是否記得，畢竟他曾攻擊過她，「你記得嗎？」

林旺福看著厲心棠，但眼裡都是困惑，「不是阿政找到我的嗎？」

不記得。厲心棠爲自己還泛青紫的頸子抱屈，但這也不意外，畢竟林旺福是被魔神仔們蒙蔽的人！她堆起微笑，舉起手中的水果籃。

「沒關係，這是給您的水果！」

「哇啊——拿開拿開！」林旺福突然激動的推開水果籃，「妳這女孩怎麼回事？我不認識妳就算了，爲什麼送我這種爛掉的東西！」

爛掉的東西？厲心棠好無辜，這是富士蘋果耶，每個都大顆又漂亮！

闕擎即刻上前，推過桌子，「上面這些菜是不是都是壞的？發餿的飯、爛掉的魚？」

「對！對對對！看見沒有，阿政！」林旺福激動的看著闕擎，再指向李政然，「這間醫院太過分了，欺負我這個老人家，我都要餓死了，卻餵這種壞掉的東西給我吃！」

一時間，整間病房的人都靜了下來。

護理師不可思議的看著桌上已經涼掉的飯菜，就算涼掉那也是今天煮好的新鮮菜餚，根本不可能腐敗。

李政然再三檢視著菜盤，每個逼近菜的人都令林旺福覺得作嘔，他不懂這些人怎麼敢湊近聞那些發臭的飯菜。

「……你怎麼了？」李政然好驚訝，「這些都是新鮮的！你眼中這居然是壞掉的？」

「那就是壞的啊！肖年仔也看到了！」林旺福指向闕擎。

「不，我看到的是正常的飯菜，林伯伯，只有你眼中是爛的。」闕擎懶得想藉口敷衍，「這很像催眠，讓他眼中好的食物卻變成腐壞的，不管換什麼肉來應該都一樣。」

「這怎麼辦？難怪這幾天的菜他完全不動！」護理師恍然大悟，「不過……催眠？這要怎麼辦？我們醫院沒有精神科可以會診耶！」

另一面護理師面露恐懼，喃喃的唸著，「莫名其妙誰會去催眠他啊，是不是因爲……那個啊……」

那、個，指的就是魔神仔啊！大家都知道，林旺福是在山裡被魔神仔帶走的人啊！

「賭一把！林伯伯，有人催眠了你，害你把新鮮的菜都看成腐壞的食品，但這些我保證都是新鮮的！我們試試看，你就閉著眼睛、閉住氣，吃一小口飯。」闕擎主動用筷子挑起一點兒飯，「就這麼幾顆，不好就吐出來！」

厲心棠立刻到櫃子邊抽過衛生紙，以防萬一。

「我不要！那種餿掉的東西怎麼是人吃的！」林旺福抗拒不已。

「就說你被催眠了……就是被人下咒了！」李政然想到一個簡潔易懂的說法，「有不乾淨的東西在騙你的眼睛，所以閉上眼睛，搞不好吃下去是正常的，讓我們試試看破他的法！」

眞不錯的講法！闕擎立即摘下自己身上的一個護符，「來，這是神明，可以鎮壓住！你就吃這一口，說不定就能破！」

林旺福果眞沒有再反抗，他緊握住闕擎給的護身符，只是略打個顫，心生恐懼的看著那筷子上的米飯。

他也知道，自己在山裡七天的事就是有問題，畢竟再怎麼想，他都覺得只走了幾小時，更別說……那個孩子好像本就不存在。

他是遇到了魔神仔，還來不及去祭改。

最終他咬牙點點頭，闔上雙眼，全身緊綳的緊張，闕擎將筷子交給護理師，她們比較專業。

林旺福的嘴開得很小，勉爲其難的終於含下那口飯——「嘔！」

只有兩秒，他就吐了出來！

「壞掉了！臭掉了！」林旺福痛苦的大叫，厲心棠再遞過水，卻被他一把揮掉，「那種都是泥的髒水妳也拿給我！」

水杯被打飛，落在地上的塑膠杯匡啷匡啷，厲心棠瞠目結舌的看著清澈的清水，在林伯眼中這是泥水嗎？

「連口感也……」李政然愣住了，「爲什麼他們要這樣對他？」

爲什麼？這事情恐怕環環相扣啊，闕擎想找尋紅外套魔神仔的身影，但魔神仔卻不在病房內。

「找他也沒用吧！」厲心棠低語著，因爲是其他魔神仔搞的事啊！

「我好餓！」林旺福激動的喊著，「而且我嘴裡都是臭酸的味道，我要喝水！水——」

激動的阿伯拔掉點滴針，嚷著下床，李政然跟護理師上前阻攔，他卻力氣大的推開他們，咒罵他們不給他喝水與吃食，穿著拖鞋一路往外衝。

「哇喔！」厲心棠拾起地上的水杯，「好可怕，這是要活活餓死他嗎？」

「小鬼？」闕擎往病房外走去，想找魔神仔，「出來？這玩得太大了吧？」

魔神仔也沒在外頭的走廊上，但是醫院裡某角落卻像是有騷動似的，自然應該是林旺福去的方向。

「魔神仔不是沒有凶狠的，但是這已經像虐待了。」厲心棠相當不安，「還有剛剛那個病床上的人，是里長吧？我感受到他深刻的恐懼，他眞的是自殺的……而且還有龐大的恨意，非常非常的恨！」

「同一個人身上傳來嗎？」

「不知道，但感覺不像……剛剛不只一個鬼在附近吧？」厲心棠說著邊搓雙臂，心底發寒，「這裡是醫院啊！」

「那個里長死得也不單純，他沒有眼珠子。」匆匆一瞥，闕擎依舊看得眞切，「妳確定是自殺？」

「他自己挖出來的，還拿刀割開臉部……因爲有很多蛆爬滿臉，鑽進眼睛、鼻、耳朵跟嘴巴，應該是幻覺，但眞實得讓我覺得渾身發癢。」厲心棠認眞的回憶剛剛的感受，「他生前是眞的感到有蟲在身體爬，才會抓狂的想割開皮膚。」

闕擎帶著她從側門出去，因爲剛剛一閃而過的紅影提示了他方向。

李政然跟一群護理師與醫生圍在一棵大樹旁，現場卻詭異得安靜，無人說話無人勸阻，大家就只是圍著一個圈；待厲心棠湊近時，什麼都沒聽見，唯一有的聲音是咂舌聲，像有誰在吃東西似的聲響。

好熟悉啊！那天在溪邊找到林旺福時，就是這種聲音！

李政然注意到她的逼近，皺著眉讓開身子，好讓他們看看蹲在大樹下的林旺福，是如何的用手刨開土，一口一口的吃下土以及裡頭的蚯蚓與蟲子，狼吞虎嚥的彷彿那是多棒的珍饈佳饌。

「好吃！好好吃……」林旺福一邊吞著、一邊還捧起一旁土坑裡的泥水喝著，「這眞的太好吃了！」

闕擎瞇起眼，看來被催眠的不只是視覺，是所有認知。

「山裡的陰氣不是假的，一定發生了什麼事。」闕擎深吸了一口氣，「從這個林伯到高林美，甚至是里長，只怕都有關聯。」

李政然詫異的回首看向他，「你爲什麼這麼說？」

「因爲這種事情不會是巧合，那座山陰邪得可怕。」闕擎實話實說，「感覺不到的人說再多都沒有用，但是這、個，就是證據之一！」

連點掩飾都不做，厲心棠覺得闕擎有一點反常，尤其他提示如此多的線索，表示沒有要逃避這件事。

「我們想簡單一點，里長的死因正常嗎？」她像個乖巧的學生半舉起手，「林美嬿的反應正常嗎？」

如果以上兩個都是X的話，還是愼重一點好吧！

里長的死絕對不可能正常，一個人如何能自殘到這個地步？他割爛自己的臉、挖出雙眼、刺穿喉嚨，最終死在自己的刀下，這根本不可能是正常人所爲。

而里長太太更奇怪，她從頭到尾都在傻笑，鄰居聽見慘叫聲報警，打從警方進去開始，她就坐在餐桌邊，用空洞的眼神望著一切，傻傻的笑；而且令人作噁的是，餐桌上是滿滿的腐肉與蛆蟲。

「我們進去時她還在吃，而且就像平常吃飯一樣，看得我們都要吐了！」阿牛邊說邊打哆嗦，「接著廚房裡都是血，小劉組長把里長翻過來時……厚！」

「好了！晚上都去廟裡一趟！處理一下！」劉允治走了過來，他就是大家口中的小劉組長，是警局裡的老長官，「啊怎麼大家都在這裡？阿政，你也……」瞄了一圈，也太多警察在這裡了吧！手頭上還有一堆事要做，大家怎麼都在醫院啊？

「啊，分局長讓我去找高林美做筆錄，這兩位民眾恰巧想探望林伯伯。」李政然趕緊報告。

這兩位民眾，警局人人都很熟，五天前才努力把他們偷渡出去的。

「我們就剛好經過！」阿牛陪著笑，「啊就無線電裡有人在說林伯被魔神仔附身了！」

「噓！」劉允治示意噤聲，「我們是警方，不能談那些怪力亂神的事……現在當務之急是處理里長的事，里長的兒子是市議員，要小心點！」

「市議員又怎樣？初步鑑定就沒有他殺跡象啊！」阿牛聽見官威就不爽，「現場只有里長太太在，她還吃一桌爛掉的東西，這都不是我們的問題吧？」

「對，不是，但事情有這麼好處理就好了！分局長已經到里長家了，你們也快點過去。」劉允治催促著，朝李政然走去，「林伯的狀況又是怎樣？」

李政然飛快搖頭，多說無益，只能讓學長親眼目睹。

厲心棠不想再進病房，因爲喊餓的林旺福借了個盆子，把土裡的東西全挖出來抱到病房裡吃了，護理師想阻止他，他就會抓狂，不禁讓厲心棠想起那天被掐住頭子的事，還提醒護理師們要小心安全。

因爲林伯是爲了活命而吃，誰跟他搶「食物」，他會拼命的。

「剛剛推著里長病床奔跑的是四個孩子妳有瞧見嗎？」在外面等待的闞擎幽幽的問著厲心棠。

「有，都跟魔神仔差不多高，有的還又更小。」厲心棠咬了咬唇，「山裡的魔神仔不只是要讓人迷路，還立了詛咒嗎？」

「事出必有因，孩子會無緣無故害人嗎？」闞擎朝左邊望去，他們現在跟警察在一起，所以那個紅外套魔神仔不太願意過來。

「我們這個魔……叫小魔好了，比較好跟其他魔神仔區分！小魔他是來幫我們？還是想幫人？」厲心棠倒是很好奇這點，「他記得他怎麼死的，並沒有要找尋生前足跡，可是卻要我們插手這件事……」

「妳怎麼不想說，他是想幫山裡的其他魔神仔？」闞擎瞄了她一眼，「鬼幫鬼，也算天經地義。」

「哇……」厲心棠張大著嘴，「他們如果是這樣互相幫助的話，那跟里長是有多大的仇啊？」

闞擎立即擊掌代表鼓勵，認真的指向她，「妳反應很快嘛！」

他口罩沒脫下，但眼底那冰冷的笑意告訴了她：這就是他確認是魔神仔作祟的原因！

什麼讓人迷路？神祈山的魔神仔們沒這麼簡單，即使現在不知道林旺福到底觸發到了什麼，但魔神仔是下山來算帳的！

再加上那天他們於小魔帶領下，進入山林裡的那些感受……深刻的恐懼伴隨著更深的痛恨，她一直感受到的是生不如死！

「那座山裡的魔神仔，究竟是些什麼人？」厲心棠忍不住蹙起眉，「如果這都是魔神仔們搞的，那表示在裡面死去的人，死因都不單純啊！」

闕擎點了點頭，厲心棠第一時間想找阿忠聊聊，這傢伙是故意避著她嗎？一整天都不見人，想叫他幫忙查看看啊！

病房裡終於傳出歇斯底里的吼叫聲，還有醫護們的奮鬥，聽起來是強制將林旺福的「餐點」取走，引發了掙扎與抓狂，連警察都加入協助，在幾分鐘後，鎮定劑發揮效果後趨於平靜。

護理師們開始清理現場，倒掉那一盆看了就令人作噁的「食物」，醫生交代要注意身體狀況，那根本不是能吃的東西啊！

正忙亂著，一個沒剩幾根頭髮的醫生快步走來，經過厲心棠面前後轉進病房。

「院長！」裡頭其他護理師的呼喚聲傳來，這件事甚至驚動了院長！

「我們沒有精神科，很難去協助里長太太，但她的狀況就是不對勁！無法溝通，她一直在笑，剛剛卻突然說她肚子餓了。」院長的聲音很嚴肅，「因爲怕她失控，所以是由護理師餵食，但她看見餐點居然害怕的說那些東西很噁心！」

咦？在場所有人面面相覷，這不是跟林伯如出一轍嗎？

「等等！等等——」劉允治突然出聲，「先不要把那盆東西倒掉！」

護理師正要把土與蚯蚓們倒進垃圾桶時，被警察制止了。

「要拿去給里長太太試試看嗎？」一旁的醫生頓時明白，「不能給她吃，就只是拿給她看，看看她的反應是什麼。」

一名護理師捧著那盆東西匆匆走出了病房，跟著步出的是其他人。

「打鎮定劑跟點滴不是長久之計，我想等等來辦轉院。」爲首的院長語重心長，「那個林美嬿不是才從山中回來，她一早就被阿雀接走了，我想也該去注意她的狀況——」

說著，院長下意識回頭，明顯的是在搜尋李政然。

李政然走在最後面，刻意避開了院長的眼神，別過頭去。

「院長，這我來處理。」劉允治突然擋住了院長的視線，「阿政已經不是他們家的人了，他是李分局長的兒子，記得嗎？」

院長頓了幾秒，點了點頭，「很多事不是這樣就能算了，有些事情他甩不開啊！」

「他甩不開是因爲你們追著他不放。」劉允治說得既嚴厲又溫和，「像我就不認爲他必須要處理陳家的事，沒有任何理所當然。」

院長擰眉，明顯的表現出不滿，「問題他就是——」

「他不是。」劉允治伸手扳過院長的身體，不讓他再繼續注視李政然，「警方的調派我們自己處理，現在當務之急，是先幫我們安撫林伯跟里長太太。」

「這個放心吧，我們會小心照顧。」院長點點頭，「我想里長許文慶的事應該會很棘手，你們辛苦了！」

拍拍劉允治，院長又若有所指的瞄向李政然，接著逕自走出了醫院大門。

劉允治看著院長走出的背影，笑容瞬間斂起，很不高興的回頭找李政然，「你不要在意，回到這裡就是會有這種情況。」

「我懂！不過組長……人手不夠我還是可以幫的，不必把我避開高林美他們家。」李政然笑笑的說，「畢竟我的職責是警察，刻意迴避也不太好。」

「好！眞好！」劉允治用力打擊著他的肩，「不愧是我學長的兒子，教得眞好——那，先跟我去里長那邊吧！鑑識小組今天要做二次取證。」

「是！」李政然立即領令，但沒有忘記厲心棠他們的回過頭招呼。

兩個人堆起微笑，擺明了就是又要順路載送一程，至於順去哪兒，又是里長家。

李政然不是傻子，他知道厲心棠兩位很怪，但是阿忠學長又很挺他們，但再怎麼挺，帶到案發現場總是不適切啊！他走在前頭，在停車場那兒猶豫再三，想著該怎麼解決這件事。

而停車場中，另一台車也亮著車燈，剛剛那位院長正在後車廂挪移東西，看上去有點沉，厲心棠才好奇的在張望，冷不防身後被人猛然一推——唉唷！

她整個人朝前絆去，差點摔倒，嚇得回頭看，只瞧見紅色身影跑開的殘影！

而闕擎雙手插在口袋裡，也正目送著他逃離的方向。

小魔……唉，可以用說的吧？厲心棠領會的主動上前幫忙。

「謝謝！我只是在喬角度，好把這箱給……」院長才在說，厲心棠已經嘿咻的抱起箱子，「啊啊，幫我放到後座，謝謝喔！」

闕擎站在遠方觀察著，小魔在樹叢裡若隱若現，也看著院長與厲心棠。

厲心棠將箱子放在後座上，小魔這時從樹叢裡跑出，站到厲心棠的右手邊，她嚇了一跳！

幹什麼？她看著拉著她褲腳的魔神仔，找個藉口拖時間，「要不要推裡面一點？還是這樣就好？」

「沒關係！沒關係！」院長在車門後說著，「這樣就可以了！謝謝喔！」

魔神仔那腐爛的小手突然指了指副駕駛座的座位底下，厲心棠心領神會，放下箱子退出車外時，刻意讓自己的後腦杓撞上了車門上緣。

「啊！哎呀……」她吃疼的蹲下身子，膝蓋一曲、再不穩的撞到椅子邊緣，整個人往下倒去！

「怎麼了？」院長緊張的想趨前，同時這陣騷動也引起了其他人的注意。

在對面的李政然一回頭，突然大喝，「你在幹什麼！」

這句話豈止中氣十足，語調裡還帶著凶惡，他是疾走向院長的，走來的李政然每一步都帶著怒火與殺氣，這讓已經跨出步伐的闕擎收起腳，好好的看清楚這是什麼狀況？

小魔早已溜走，再度在某樹叢中消失，院長這邊正要攙起厲心棠，但奔至的李政然二話不說拉住院長的手，並且將他甩開！

「你不許碰她！」李政然非常不客氣的把院長往旁邊甩去！

「啊啊……」院長連連後退，直接滑倒在地，狼狽異常！

「李政然！」在李政然車旁的劉允治也趕至，連忙扶起倒地的院長，不解的瞪向李政然。

但李政然根本沒有理會什麼警察身分、或是組長的威嚴，他緊扣著厲心棠的上臂，痛得她皺起眉，倉皇的看向身後的闕擎……大哥，你出點聲啊！

但闕擎暗暗的朝她使了眼色，自他微幅的搖頭中，她什麼都明白了。

「對我沒事……我沒……」厲心棠邊嚷著，卻被李政然拖著走，「李警官，我眞的沒事，只是不小心撞了一下。」

「李政然！你是在做什麼？爲什麼對院長這麼粗暴？」劉允治質問下屬，瞧院長腰都直不起來了！

李政然正眼都不瞧院長一眼，只是把厲心棠再往自己車那邊拖，「他自己知道爲什麼。」

「什……嗄？」劉允治根本丈二金剛摸不著頭腦，還想喊什麼，院長卻拍拍他。

「沒事！沒事……」竟是他安撫了劉允治，「年輕人，有點脾氣！可能那是他喜歡的女孩！」

喜歡？這只是前幾天幫忙找到林旺福的一般民眾啊！

但劉允治畢竟打滾多年，即使發現有異也不多語，這當中絕對有貓膩，但不說才是上策。

院長關上車門，一邊說自己沒事，最後蓋上了後車廂。

闕擎這時繞過了院長的車，也繞過了劉允治，悠哉悠哉的走向李政然的警車，這時的厲心棠早已被塞進了車裡。

「他沒碰妳吧？」李政然突然回頭，帶著質問的口氣問向厲心棠。

「……沒？沒有！」厲心棠尷尬的回應，「但我的手臂倒是被你掐得很痛。」

「掐痛算得了什麼！跟他做的事比起來……」李政然話到此，戛然而止，因爲他發現走近的闕擎，「你，看見她跌倒了不會去扶嗎？這不是你女朋友嗎？」

「不是。」闕擎光速否認，「我們只是朋友。而且她也只是撞了一下，不是大事！」

「那什麼是大事？等到發生更嚴重的事嗎？」李政然完全沒好口氣，跟剛剛那位時代好青年的模樣大相逕庭，「下次有別的男人想碰她，你絕對第一時間要把他推開！」

哇，闕擎挑了眉，「例如，哪些男人？」

「很多，非常多……」李政然沒有注意到他收緊的下顎，每個字都像是咬著牙說話的，「這個院長就是其一，另一個死得好……」

「李政然！」劉允治的吼聲打斷了他的喃喃自語，「你是在起肖嗎？」

李政然即刻回身，立正站在外頭讓劉允治訓話！在劉允治眼中，剛剛他的作爲非常差勁，怎麼會對一般民眾這麼粗魯？尤其在院長根本什麼事都沒做的情況下！

闕擎默默坐進車裡，注視著厲心棠一直放在大衣口袋裡的右手。

「拿到了嗎？」

「欸？你怎麼知道？」她揚起微笑，神祕兮兮的在口袋裡晃了晃，「我沒看是什麼，小魔指向椅子下方，我抓了就跑。」

闕擎留意著李政然還在被訓話中，挪近了厲心棠幾吋，「拿出來先看看是什麼。」

「觸感像是塊布，軟軟的。」厲心棠小心翼翼的從口袋裡掏出一小角。

那的確是布，白色的、小小的布，上面還有粉色的裝飾。

但怎麼看，都像是小女孩的內褲。

「我爸不會自殺！」

里長許文慶的宅子裡，警方正在重新檢查搜證，希望能找到新的線索，來證明這是起他殺事件。

「而且誰會這樣自殺？他要自殺燒炭就好了，有人會在自己身上割這麼多刀，還自己挖出眼睛嗎？」他的兒子，市議員許宗思正在門外咆哮，「你們不要想結案就在那邊胡說八道，妄想敷衍我！」

一旁的分局長楊逸祺倒是八風吹不動，反正這些立委民代就是這樣，官大聲音大，然後呢？他自在的點了一根菸，徐徐吐出白霧，也不知道有沒有聽進去。

「警方進屋時，門是反鎖的，我們是破門才得以進去的；經過了這花園，來到玻璃門前，令堂忙著吃飯，也沒理會我們敲門，這個，」楊逸祺指向他們面前的碎裂玻璃門，「這還是我親自打破的。」

「嫌犯一定走正門嗎？他可以從窗戶從後門——」許宗思嚷著，就是沒在鳥證據。

「那您也太小看里長家的保全系統了。」楊逸祺涼涼的說著，「當天我們都有採集證據跟指紋，請放心，都在比對中！今天也是重返現場，看能不能再找尋更細的證據，也感謝您的配合，讓我們能更進一步的蒐查！」

「那是因爲你們沒盡責！要是不好好把握時間，就要讓殺害我父親的人逃掉了！」

阿忠與劉允治先後進入現場，楊逸祺即刻回身詢問且交代事宜，一大票警方在許家裡面搜查，許宗思不耐煩的打電話，他走出大門外時，瞥了外頭的厲心棠與闕擎一眼，但也沒多想。

「是我，我媽怎麼了？什麼……還是不吃東西？」許宗思其實顯得有點煩躁，其父的慘死讓他相當措手不及。

此時，李政然突然從大門探頭而出，朝著厲心棠使眼色，他們可以進入院子裡，不構成妨礙。

闕擎一步步緩緩的走進，透明落地窗的大宅顯得非常氣派，現在可看見裡頭燈火通明，許多鑑識人員與警察都在忙前忙後，而從主屋玻璃門斜對角一直線看進去，隱約能瞧見濺滿鮮血的廚房，還有——

小魔站在客廳的茶几上，面對著外頭拼命的跳著，從茶几跳到沙發，在每個沙發中跳躍，然後突然攫抓到闕擎的眼神——倏而向上看去。

他的手舉得非常直，直指角落的正上方。

「啊！」厲心棠感受到一股噁心，打了個寒顫！

身邊的李政然即刻探視，警戒心升起，「怎麼了嗎？」這兩個人，好像能感應到不尋常，他可不敢小覷。

「靠門口這個角落的正上方查了嗎？」闕擎望著魔神仔指的方向，說得更精確些，「就是這扇門被打破的門旁邊的死角，正上方。」

好恐怖、好噁心、好恨！厲心棠雙手交叉胸前，抱著自己的雙臂，瞪圓眼睛看著地面，全身開始不住的發抖，那種感覺是從心裡湧起的作噁感，她想尖叫、她想吶喊，她想說——

「不要碰我！」

伴隨尖叫，厲心棠同時激動的甩開了正關切她狀況的李政然！

這聲尖叫驚天動地，別說在場的人了，連在屋裡的人都聞聲靜了下來。

「對……對不起。」李政然也嚇到了，連連後退，「我不是故意的！」

厲心棠反常的護著自己，咬牙瞪著李政然，赤裸裸的厭惡寫在臉上，闕擎知道她被影響了，即刻上前繞到她瞧得見的地方。

「冷靜點，厲心棠。」他冷不防的在她眼前擊掌，「厲心棠！」

厲心棠顫了一下身子，皺起眉頭的咬住唇，闕擎見狀伸出手，大膽的摟住她……她直接往他懷裡倒來，闕擎知道她擺脫了亡者們的情緒控制，只是還深陷其中。

前方的楊逸祺沉吟數秒後，拿起無線電連繫二樓的人員，率先調查靠窗……不，他抬首看向二樓，那兒沒有窗戶，就是個角落。

許宗思被厲心棠的叫聲引起注意，走回後不解的看著兩個陌生男女，直接上前問他們是誰，闕擎看著他不語，反而是楊逸祺開了口，只說是協助者。

「協什麼助？目擊證人嗎？」許宗思突然詫異的看向闕擎，「你是不是有看見什麼？是誰逃出我們家？或是誰殺了我爸？」

「他是自殺的。」闕擎頓了頓，用帶著笑意的語氣重複，「或是……被自殺！」

「說什麼啊！」許宗思不滿的打量他，「你到底是什麼人？楊分局長，他能協助什麼？」

「或許能協助找到我們難以發現的證據。」楊逸祺說話依然沉穩，專注聽著無線電那頭的回報。

噠噠，沙……『找到了！報告，有暗室！』

噢噢，楊逸祺意味深長的再看了許宗思一眼，搖了搖無線電：「協助。」

什麼？許宗思驚愕的聽著無線電裡的對話，樓上是父親的書房，書房的裡面有暗室？他怎麼不知道！

二十分鐘後，在拍照完畢後，警方扛著一口箱子而出，擱在院子裡。

「密室在書櫃後，非常小而且沒有窗戶，地板有床墊跟枕頭。」警察們回報，「其他什麼都沒有，只有角落這個箱子。」

闕擎摟著厲心棠後退，因爲她一看見箱子，便渾身不住的發抖。

「好噁心……」她貼上闕擎的胸膛，「好想……我好想……」殺了誰！

「可以滾嗎？」闕擎直視著包圍著箱子的警察們，冷冷的輕聲開口，「已經找到要找的東西了，別再影響她！」

李政然留意他的自言自語，但闕擎的眼神直視前方，不像對任何人說話，而被他摟著的厲心棠依舊神情防備，對誰都帶有敵意，跟他印象中那個愛笑開朗的女孩相差甚遠。

這兩個人眞的非常奇怪啊！

「這上面有密碼鎖，議員，你知道密碼嗎？」楊逸祺看向錯愕的許宗思，但他還在想著密室是什麼?這箱子又是什麼?

「不……不!什麼密室!該不會是你們栽贓的吧?」許宗思突然反應激烈的推開包圍箱子的警察們,「誰都不許碰這口箱子。」

楊逸祺看著許宗思,露出嘲諷的笑容,「許大議員,你跟我一起進入這兒的,看著所有人員進去許文慶家蒐查,誰進去時扛這麼大口箱子了?這還得我兩個屬下一起抬才出得來耶!」

許宗思沒吭聲,而是緊張的看著箱子,他剛剛一瞬間想到了父親的政治生涯,這個他生活許久的家中居然有密室,裡頭這會不會是什麼重要證據,不該曝光?

「好,就算是我父親的,你也不能動!」他護著箱子,「這是個人財產,隱私,就這樣放著!」

「很遺憾,現在這是證物喔,這裡是命案現場,所有找到的東西都是證物!」楊逸祺隨意一個手勢,下屬們便拉開許宗思,要將證物帶走。

「不許!這是我父親的東西!」許宗思緊張的吼著,與警察展開拉鋸掙扎。

「議員啊,這說不定就有里長被殺的原因啊!」楊逸祺誠懇的說著,笑看著激動的許宗思。

啊不是官壓警？不是希望他再搜查一次，他可是盡責的分局長，他就翻個底朝天，找到什麼全是證物！

「不會！那些是……那些是個人隱私！放開我！我警告你楊逸祺！小心我讓你吃不完兜著走！」許宗思發出狠話，但楊逸祺很明顯沒放在眼裡。

「上面的密碼有概念嗎？如果能想到什麼密碼的話，可以避免我們破壞證物。」他自顧自說著，但是卻向左看向了闕擎。

闕擎略搖了搖頭，這個他可不知道了，觀落陰不是他的強項。

警察們正準備扛走箱子，小魔驟然出現，就坐在那口箱子上，伸出那雙帶血的小手，在箱子上抹了兩下。

然後，木箱上突然滲出了點點紅珠，抬箱的警察嚇了一跳，「……分、分局長！」

另一個警察也愣住了，他們同時將箱子放了下來！

大家紛紛上前，連被架著的許宗思也驚愕看著從木箱蓋上滲出來的紅珠，它像血一般渲染擴散……直到出現了清楚的數字。

「617……」李政然喃喃唸著，喉頭緊窒。

對上箱子的密碼鎖，還眞是三位數！楊逸祺即刻下令打開，許宗思也立即發狂的大吼大叫，有數名警察扣住他，再次強調他是在妨礙公務！

包圍著箱子的深藍色制服旁，紅色的小魔異常顯眼，帽簷的頭微微揚起，慘白的小臉看向闕擎，露出一抹淡淡的苦笑。

箱子打開，現場是一片詭異的靜寂。

「全程都有錄影，請放心。」楊逸祺突然變得嚴肅，一旁的鑑識人員開始拍照，許宗思意外的沒有再有任何掙扎。

他就站在箱子旁，用不可思議的眼神看著箱子裡取出的物件，李政然卻突然痛苦遮眼，向後轉身，像是不忍卒睹的模樣。

箱子裡是一堆性玩具，還有好幾套的蘿莉服裝，尺碼是孩子的。

小魔專注看著正被拎起的一件蘿莉服，白色的裙襬還沾染著淡淡血跡，他昂起的頸子上，竟也有著深刻的五指印痕。

厲心棠下意識又撫上未癒的脖子，這是他們第一次瞧見小魔的頸子，他身上這麼多傷，死前究竟發生了什麼？

被感染的情緒漸而退去，闕擎可以感受到厲心棠的身子放鬆許多，那些感染她情緒的亡者漸去，但他卻看不見。

「不……不……」站在箱子邊的許宗思突然喊了起來，掙開了警察旋身往外奔了出去——他突然想到今天是周末！今天原本是固定一個月一次的家庭團聚日，但是紫馨卻展現出明顯的抗拒！

為什麼紫馨會這麼排斥回到爺爺家？

第七章 發酵

一波未平、一波又起，里長家的新發現已經太令人驚訝，尚未處理之際，衝出去的許宗思又讓記者們爭相追逐；他先是直接到醫院去尋找里長太太，結果里長太太居然掙脫手銬逃走了！在記者的跟拍下，那染血的手銬上可以看見里長太太的皮肉，她眞的是拼命掙開的。

接著發現林旺福竟也離開了病房，一下子兩個人從醫院逃走，實在是人手不足，看管里長太太的警察只是去上個洗手間而已。

於是已經分身乏術的警察們，必須再調動一票人馬去找人。

「來，吃碗麵吧！我又切了小菜！」阿忠拎著大包小包的東西進入警局的小隔間，「你們放心待在這裡，不會有人來的。」

「謝謝。」厲心棠打開熱騰騰的麵，「你眞忙耶！我來一天了才見到你！」

「哎唷，大小姐，鎭上發生這麼多事，我們才幾個人，眞的是超忙的！」阿忠連忙賠著笑，「好啦，我是眞嚇到了！直覺告訴我不能扯進這件事！我都挑別的瑣事做。」

「發現高林美的是你吧？」闕擎刻意笑著問，「除了高林美外，還有發現其他什麼人嗎？」

「不不不，沒有沒有！」阿忠嚇得連搖手，「賣鬧啊，阿牛都嚇到去收驚了，我眞的不想碰魔神仔的案子，結果事情一直來。」

「里長的案子可能跟魔神仔也有關係，你想怎麼閃？」厲心棠沒好氣的抱怨著，「我需要你幫忙，你別逃啊！」

「天地良心，我沒逃啊！就……」阿忠面有難色的看著她，「我女友懷孕了，我希望給她一點安全感。」

「又不是叫你進山找魔神仔！」厲心棠托著腮，「我需要一些資訊，那個……幫我查醫院院長的背景，還有魔神仔那座山歷年來到底出過什麼事？不然爲什麼會有這麼多魔神仔？」

「院長？童謙富嗎？」阿忠幾分狐疑，「查他有事嗎？」

「查就是了。」她拉下臉色，她的大衣口袋裡還裝有那條小女孩的內褲，想到就覺得噁心。

闞擎把小茱都打開，現在所有的警察都出去辦事了，阿忠得到特許，留下來留守，但也要隨時待命。

「先吃吧！妳今天不好受！」他難得貼心，催促著厲心棠先動筷，「阿忠，我們兩個也覺得那個李政然很特別，今天在高林美那邊遇到，氣氛整個很怪啊！一邊說是自己人，一邊又否認……」

「哦……」這個他知道，阿忠立即換上一臉八卦，「這很簡單，血緣上來說，林美嬿是阿政的親外婆，陳姿雀就是他的阿姨，林美嬿有四個女兒，髒話雀姐是老么，阿政生母是老二！」

哦～吸著麵的厲心棠連連點頭，所以才會扯到ＤＮＡ啊，原來眞的是一家人。

「但是李警官是否認的，關係很差。」闕擎想起阿好嬸說的，「還有人叫他放下過去的事咧！」

「放下？誰講的？哎唷，都不是當事人講什麼放下！」阿忠露出不屑的神情，「小時候受傷害的又不是我們，放個屁！我跟你說啦，阿政爸媽都不是好東西啦，你看林美嬿就知道那家子什麼德性，整個鎭上都知道，身爲他們家的孩子就是衰小！」

提起高林美一家，連阿忠都萬分不爽的抱不平。

「李警官都直接說那才不是他阿嬤，說他姓李……喔喔，所以原本不是姓李嗎？」厲心棠突然想到這件事，「他改姓了？」

「欸，我忘記阿政爸後來是什麼事坐牢，但已經離婚很久了，他生母陳永琇後來再嫁的也是個渣！分局長認識喔，就是這個繼父完全把孩子當沙包打，所以後來之前的李分局長才能把阿政救出來，由社福單位照顧！」阿忠邊說邊揚起笑容，「然後李分局長就順理成章收養他，之前是這裡很有名望的分局長，因此阿政便改姓李！」

原來，血緣上的確是林美嬿家的人，但實際上早被領養了！

「好好喔，居然是警察收養了他！」厲心棠帶著點興奮，「因爲救他出來所以產生感情，還比親生的親，就乾脆收養了！」

「嘿欸！我知道李分局長幾年前走了，但是阿政跟了他後日子好多了，也當了警察啊！」阿忠擊了掌，他可是愛死這個故事的，「誰說一定要血緣關係才親！」

「我也不相信要有血緣才能叫親情啊！」厲心棠聳了聳肩，「我就是被撿到的，我叔叔、雅姐，大家對我超好！」

闞擎夾著青菜，意外的聽見了厲心棠的身世，原來這就是整間「百鬼夜行」只有她一個人類的原因嗎？

「是喔……」阿忠顯得也很驚訝，「眞的，我看老闆對妳超好！」

厲心棠樂開了花，一臉幸福得意的樣子，她的確過得很幸福！

阿忠再寒暄兩句，就要去查相關案件，留他們兩個在裡頭吃飯，厲心棠相當從容，反正今天她排休，可以耗到明天再回去。

「李政然知道不少事。」闕擎穩穩的開口，「在醫院時他激動的把妳拉開，是怕院長碰妳，又說了一個死得好，指的就是許文慶。」

「嗯，我有看出來，他看見箱子打開時的表情非常痛苦，不知道的還以爲裡面是屍體，他那種轉身痛苦樣，我差點以爲他要哭了。」厲心棠吹著燙嘴的麵，「我口袋裡的東西才叫我噁心。」

「遺憾是我們不能拿來用，我們碰到它，不能當證物了。」闕擎覺有點遺憾，「嘖，小魔爲什麼要叫妳拿啊？」

「那個情況下我也不可能先看是什麼東西……他覺得破壞證物沒關係嗎？」厲心棠有些無奈，「小魔懂得證物流程這種東西嗎？」

兩個人面面相覷，最後在嘆息間搖頭，還是快點吃自己的麵實在，魔神仔再怎樣都是鬼，小孩子到底懂多少完全是個謎啊。

不管如何，院長可能也是個變態，而且……李政然都知道。

「我好奇是爲什麼他都知道？他不是剛調回這裡？而且又被收養已久？除非李分局長住在這裡？」闕擎提出了疑議，「很多事他從一開始就有敵意，妳記得找到林伯伯那天的景況嗎？」

厲心棠搖了搖頭，那天她被掐著頸子癱在地上大口呼吸，正感受活著眞好，哪記得那麼多……扣除爛掉的魚。

「也是，我是坐在旁邊的……看得一清二楚。」闕擎回憶著溪邊景況，「他看著林伯的眼神很冰冷，而且動作也很粗暴，而且從頭到尾都直呼全名，連其他警察都是叫聲林伯。」

「他力氣不小耶！」提及此，厲心棠即刻將左肩頭的毛衣往下拉，別說小露香肩了，根本是大露，一路拉到了右上手臂！

那上頭有著青紫瘀痕，全是手指印。

闕擎倒也不害羞，放下筷子趨前看著，「我壓壓看喔？」

厲心棠蹙眉點頭，闕擎才一壓，她立即唉唉叫，「痛痛痛——看吧，他眞的掐得很用力！」

「力氣很大啊，我以爲他就只是抓過妳……不對，他是一路拖到他警車邊的。」闕擎也記得李政然那殺氣騰騰走來的姿態，「他激動起來時挺失控的。」

「對！我被他拖回車邊時，我腳根本沒在走，他眞的是拖著我走。」厲心棠其實想起來有點後怕，「那時我並沒有覺得被保護到，我其實完全嚇到！幸好你在，要不然我可能就反抗了。」

倉皇回頭的那一眼，闞擎給了她安心的力量。

「妳？反抗？」闞擎有幾分狐疑。

「我可以的好嗎！我是百鬼的孩子啊！拉彌亞常說，人類是脆弱與殘忍共存，我不可能永遠生活在他們的保護之下啊！」厲心棠一臉理所當然，「簡單的防身術跟拳腳功夫我還是會的，至少能自保的……哼哼，要是知道我師父是誰，你會嚇死。」

嗯嗯嗯，闞擎百分之百敷衍。

哼！厲心棠努了努嘴，眼尾瞄著闞擎，她超想問他爲什麼突然積極的想參與這件事？也不排斥小魔，是因爲他們是孩子嗎？但是她很怕一問，他會突然惱羞的撒手不管。

她可是很需要他的哩！趁空拿出手機點開新聞，不知道許宗思的新聞刷新到哪兒了！這件事現在不只是這個鎮上新聞而已，有名里長慘死家中、記者跟拍，剛剛又拍到了「神祕箱子」，隨便一滑手機，各個社群都是頭條新聞。

「咦？直播？」厲心棠詫異的趕緊放大音量，同時間門外衝進來阿忠！

「你們出來看啦！新聞正在播，他們追到山裡去了！」阿忠焦急大喊。

闞擎直覺看向牆上的鐘，黃昏日落，他們現在去山裡？

「我的天哪！眞的不做死就不會死！」他忍不住低咒，兩個人紛紛衝出了單間。

警局裡沒有外人，留守的警察正是阿忠與那天被嚇壞的阿牛，大螢幕的電視開著，記者們爲了追新聞，個個化身勇者，扛著攝影機與燈光，竟敢在神祈山裡走來竄去！

「分局長他也跟去了，這太危險了吧？」阿忠慌張的看向厲心棠，「小姐，那個……」

「不怕，都是警察呢！」厲心棠說得從容，「警徽能保護你們，而且魔神仔也難以應付這麼多人吧！」

鏡頭有些搖晃，但還是拍到了楊逸祺、劉允治這些資深的員警，鏡頭再一閃，可以看見李政然也在其中。

『記者現在身在神祈山中，由於里長許文慶的太太在醫院失蹤，所以警方直覺來到這裡大規模搜山。』記者的背景音，是聲聲呼喚聲，『神祈鎭周邊近來失蹤案頻傳，從女孩乃至於長者，人人都說是山裡的魔神仔作祟，而里長太太是否眞的失蹤呢？而且根據最新消息也證實了，日前才剛尋回的林姓老伯，又不見了！』

『一般都是在山中迷路才有傳說被魔神仔帶走，但是現下兩位都是從醫院消失的，這該怎麼解釋？』記者問向了站在一旁的楊逸祺，『分局長，是否真的是魔神仔作祟，才到山裡來搜尋？』

『呵……這也是民間說法而已，警方辦案是講求實據的，有目擊者看見里長太太往山裡去，林先生更是親自騎腳踏車前往的，目擊者不少。』楊逸祺專業的說著，『現下較為激動的其實是許議員，否則我們應該要有更安全的搜山方式與設備，不該這麼貿然』

『喔，是的！聽說許宗思議員已經衝進山裡，尋找他的母親了。』記者很想再問些什麼，但楊逸祺明顯的一說完轉身便走，『呃……好的，現場可以看見，警察們都在認真搜索，而今天稍早許文慶的自殺案有了最新突破，警方竟在許文慶家找到了不為人知的密室與箱子，箱子裡是令人吃驚的性玩具與小女孩的衣服。』

記者背後都是亂晃的手電筒，在高聳的樹木上，其實跳躍過一個又一個的影子，只是一般人瞧不見而已。

魔神仔應該是不會對這些人怎麼樣，闕擎始終沒有感受到殺意，就連能感受亡者情緒的厲心棠，也只感到恐懼與噁心；整座山的殺氣都沒有下午李政然以為院長要碰觸厲心棠時來得強烈。

『找到了——在這邊——』直播的新聞中，突然傳出了喊叫聲。

氣氛瞬間變得緊張，記者與攝影師開始在林間狂奔，一旁分割鏡頭的棚內主播也緊張不已，不停交代著小心足下，但這時誰管這個？大家想的是如何爭取到最好的位置與鏡頭。

「那是在快到涼亭那邊！剛剛我看見涼亭了，應該就是中段的岔路！」阿牛在這麼晃的情況下都能認出路來，「那邊下去是平地，還有人在那邊自己種菜，他們跑得並不遠！」

刺眼的燈光將黑夜的樹林照得通亮，鏡頭終於發現了遠方的人影，最前面的自然是警察與許宗思。

「媽！」許宗思氣喘吁吁的奔至，攝影師早就將鏡頭拉近，好早一步拍攝到里長太太。

里長太太蹲在樹邊，用驚恐的眼神看著圍上來的人，她的身邊蹲踞著另一個男人，背對著大家，像是在閃躲似的。

「爲什麼……這麼多人!?」她用手遮臉，但已經來不及。

「媽！妳知道對不對？」

令所有人意外的是，上氣不接下氣的許宗思好不容易找到母親，第一句話不是關懷她怎麼跑到這裡，或是看她有沒有事，卻問了莫名其妙的這句話。

所以里長太太仰起頭，不明白兒子在問什麼！白光打在她臉上，看得所有人愣住，因爲里長太太滿臉都是泥土，臉頰上還有一隻肥碩的蛆蟲在上面爬行。

「唷……」阿忠覺得渾身起雞皮疙瘩的噁心，「她是在吃什麼啊!?」

在看過林旺福的狀況後，厲心棠心裡已經有底，只怕里長太太也一樣……那些魔神仔在想什麼？

「妳是不是知道紫馨爲什麼不想來？」許宗思蹲下身，激動的問著媽媽，「妳是不是知道爸常把紫馨帶進書房做什麼？」

里長太太登時一顫身子，狠狠倒抽一口氣，驚愕的別開眼神，伸手想推開許宗思，「我我我、我不知道！你怎麼會問這個……不要拍！你們不要拍了！」

「好好好不要拍！」劉允治應付式的遮起某些記者的鏡頭。

楊逸祺從容走上，「許太太，我們在調查里長的死因，他的書房裡有間密室，密室裡有口箱子，裡面有小女孩的衣服，所以……」

「呀——呀——」突然里長太太然鬆開了手裡的東西，雙手掩耳，「我不知道我不知道，不要問我！」

阿牛眼明手快的突然換台，因爲他剛剛看到有另一家電視台往右前方喬到了一個更好的角度！果然一換台，鏡頭變成里長太太他們在鏡頭左方，這個角度不但可以拍到里長太太的半側面、許宗思的正面，以及那個躲在角落的林旺福。

許宗思完全無視於記者與警方的存在，他看著母親的歇斯底里，簡直不敢相信！「妳知道！妳知道——妳怎麼可以這麼做！妳該告訴我的！她是妳孫女！」他站了起身，像是遭受什麼重大的打擊一樣，抱著頭一副想吼、但是吼不出聲的痛苦。

該台記者鏡頭往上，燈光也照在地上那塊剛剛從里長太太手裡掉出的東西，只是一近拍，居然是一條死去生蛆的松鼠！

「里長太太，妳在吃什麼啊？」記者抖著聲音發問，然後攝影師飛快的拍攝林旺福，「林先生，你也——」

林旺福正捧著腐爛的死松鼠大快朵頤著，在場眾人、包括電視機前的觀眾全部都看傻了！

「天太冷了，你們穿這樣不行！」劉允治趕緊脫下外套，「先把里長太太跟林伯扶起來。」

「不要碰我！我好餓！」林旺福突然大吼著，「我一定得吃！我要吃飯！」

「這不是飯！」劉允治蹲下身子，想要拿走他手上的腐肉。

「這就是！這是美食，只有吃它時才是美食！」林旺福涕泗縱橫的喊著，又把臉埋進松鼠屍體裡狠狠咬了一口。

阿忠都快吐了，別開眼神。

一旁的里長太太也拾起剛剛掉落的肉就要咬下，楊逸祺及時阻止，冷靜後的許宗思也被騷動引回，要撥掉母親手上的屍體，帶他們離開。

「不要逼我……求求你們……」林旺福突然歇斯底里的哭喊出聲，「你們給的正常食物我們嚥不下去，我們聞到的、嚐到的都是腐敗物，只有這些才是香的！」

誰聽得懂他們在說什麼啊！每個人都傻了，記者不知道該怎麼反應，只能把鏡頭對準那張滿是泥土、狼狽不堪、掛著淚痕的臉。

『我不知道該怎麼辦，我好餓好餓，但是什麼再美味的雞腿或是肉我們都只聞到腐爛味，吃下去也是……只有這種東西，好香好好吃！』里長太太一邊哭，一邊抓起松鼠上的蛆蟲往嘴裡嚥，『天哪，太好吃了，太好吃了……』

阿牛又跑去廁所吐了，厲心棠看了啞然。

『救救我們……求求你們救我們！』林旺福也哭了起來，『我不知道該怎麼辦！我要怎麼辦啊！』」

「換句話說，他們知道自己吃的是什麼……下午林伯的反應不是這樣，那時他眼中的飯菜都是腐肉。」厲心棠又不自覺打了個哆嗦，「現在是看著腐爛物，但吃下去很香……嗎……」

「這我可嚥不下去，太噁心了。」闕擎不適的擰緊眉心，「這是活生生的折磨嗎？」

「里長太太下午不是還瘋瘋的嗎？我去看過一次，她就只會傻笑而已啊！」阿忠想起來了，「現在意識看起來很清楚啊！所以是恢復意識後才變這樣嗎？」

「這我不知道，但是——好像有這麼一個人也是失神類的，」闕擎提醒著阿忠，「還是從山裡出來的咧！」

哎呀，阿忠忍不住倒抽一口氣，林美嬿啊！

「我現在走不開，但我記著這件事！」阿忠拼命抹著額上的汗，跑到辦公桌那邊聯繫，「怎麼會這樣……阿彌陀佛阿彌陀佛！」

厲心棠有些發冷的把手往大衣口袋裡放，右處觸及內褲時，跟著又是一顫。

「不會吧……」她緩緩把手抽出來，瞪著手裡那揉成一團的內褲，「闕擎，我有個很可怕的想法。」

闕擎與她四目相對，低咒著不好！轉身喊著阿忠，「阿忠！剛剛那個里長兒子說什麼紫馨，那是誰？」

阿忠正在聯繫事項，所以沒聽見他在說什麼，倒是吐完的阿牛虛弱的走了出來，「紫馨？喔，那是里長的寶貝孫女，就議員的女兒啊！」

他倏地回頭看向厲心棠，是了！他知道她想到了什麼！

密室是里長的變態小天堂，小女孩的衣服象徵著他恐怕是戀童癖，許宗思剛剛為什麼這麼迫不及待的質問母親，他問的是他的親生女兒、里長的孫女——許文慶對自己的孫女下了手！

而院長車子裡有小女孩的內褲，里長太太知情不報，換句話說，林旺福也不會是無辜之徒。

「阿牛警官，那個林旺福是不是也有什麼前科或紀錄嗎？」闕擎再問。

阿牛蹙起眉，「沒有吧？他就是個老好人，我沒印象他有什麼前科啊……」

「前科不能代表什麼，那只是象徵著有沒有被抓到而已，他跟這整件事情一定相關，魔神仔才會對他們出手。」厲心棠緊握著右手裡的內褲，「山裡的魔神仔，是女孩子！」

這是否就是小魔的目的？他想幫那些女孩。

一通緊急電話，童謙富不得不換了衣服，匆匆出門。

「這也沒辦法，你小心點！」妻子遞過包包。

「事情鬧成這樣，我不去不行！」童謙富敷衍的朝妻子點頭，「那我走了，不必等我，我可能要睡在醫院裡。」

「嗯！」妻子淡淡的目送他離去，關上門。

其實也無所謂，他在不在，於她並不要緊，夫妻多年，早已失去了當年的激情，他們的婚姻會持續，不過是爲了孩子與面子。

進入車庫，先行按下鐵捲門的鈕，等待鐵捲門升起時，車內後座突有影子一晃而過，彷彿有人在後頭，讓童謙富趕緊將所有燈打開。

燈光通亮，車內自是空無一人，他還特地打開後門，座位上鋪著柔軟的毛墊，他喜歡這種柔軟觸感的東西……嗯，剛剛眞的是太暗，才會覺得後頭像有人在挪動吧？

他跟著進入車子，車子是一種神奇的存在，關上車門，這就是一個屬於自己的獨立空間，在車子裡獨處，可以擁有自己，可以讓失戀的女孩們哭泣，讓忙碌的職業婦女偷得五分鐘的心靈沉澱，讓男孩們多打幾分鐘遊戲。

也可以玩一些更有趣的事，童謙富回頭看著整理乾淨的後座，不由得泛起微笑。

只是現在這些有趣的事，一不小心就會變成燙手山芋，燒到他身上。

打開車裡的電視，許宗思的新聞甚囂塵上，他父親的自殺案越滾越大，短短一天之內身敗名裂，而且也已經有記者察覺出許宗思在山裡的失控，可能跟他的女兒有關。

擁有密室的許文慶、戀童癖的嗜好，那個七歲可愛的孫女……眞的是太可愛了，鮮嫩可口，小女孩總是這麼迷人。

陶醉在腦中的幻想，童謙富還是很快的恢復理智，他跟許文慶對外沒什麼交集，但他們彼此知道都有「共同的興趣」，幸好他都沒用手機或社群互加好友，很多事還是傳統電話來得可靠。

他打開副駕駛座前的置物箱，拿出裡面一個盒子，盒上有個熟悉的密碼鎖，他也輸入了「617」這個數字。

「老許啊，你居然留著這組密碼……」童謙富用一種欣慰的神情笑著，「要說是英雄所見略同嗎？」

盒子打開，裡面是另一支手機，童謙富開機後決定先發動車子，不宜在家裡待太久，以防妻子覺得奇怪。離開家裡好一段距離後，他才抽空撥打電話，這鄉下地方路大車少，邊開車分個神撥打電話並不要緊。

更何況，現在所有的警力都在處理許家的事吧！

「是我，新聞見到了嗎？把相關的證據都處理掉，我不管你們用什麼方法，就是不能留下線索！」

簡單說完立即掛掉，他沒空聽對方討價還價。

唉……童謙富隨即重重嘆了一口氣，他也覺得可惜，最近好不容易碰上了一個極品，小巧玲瓏，皮膚細滑，人又漂亮，已經很久很久沒有那麼好的女孩了，自從——童謙富嘴角忍不住勾起微笑，回想起曾經擁有過的美好事物，都只能懷念了。

關掉那支手機，重新放回盒子裡，他做事謹慎，將車靠邊停下，非得把盒子關上鎖好，放回置物箱後，才繼續上路。

他的人生不能有任何紕漏，不怕一萬只怕萬一，要是中途遇到什麼人，看到這盒子就不好了。

『神祈鎮魔神仔的傳說還在繼續，失蹤的老人、消失的時間，回來後卻變得只能吃腐肉，這些都太詭異了！有民俗學家表示，那已經不是普通的魔神仔，只怕惹上的是更可怕的東西！』

「魔神仔……呿！」童謙富冷笑著，這種荒誕的理由他們也說得出來？

是，許文慶的自殺疑點很多，他不是法醫，但聽說許文慶把自己割得遍體鱗傷，他能想的就只是失心瘋、或是他該不會吃了什麼藥吧？

至於他老婆跟林旺福的狀況，這是精神狀態出了問題，老林在山裡太久，迷路飢餓過久的恐懼，輕易能讓人心志喪失，而許太太親眼看著老公自殘，那種打擊也不在話下，這些都是有科學道理可循的，扯不上什麼怪力亂神之說！

「連記者都在帶風向，無稽之談！」他冷冷看著電視裡播報的新聞，晃動的畫面，重複播放的是里長太太與林旺福那兩張髒汙噁心的臉，捧著松鼠屍體，涕泗縱橫的對世人求救，然後一邊咬下腐爛的肉。

伸手關掉電視，這看了就令人反胃。

沙……後座突然傳來磨擦聲響，童謙富有些許遲疑，挪動後照鏡往後看，竟看到一隻腳！

軋——緊急煞車，他慌亂的靠右停車。

車子一停，他即刻鬆開安全帶整個人回身，那鋪著絨毛墊的後座空無一人，他還查了座位底下，也都沒有任何人在啊……可是，他剛剛眞的看見一隻纖細的腳，如同跳芭蕾般頭下腳上的伸長，穿著白色的透膚褲襪，襪子上還有小巧的蝴蝶結。

他眼花了嗎？揉著眼頭，今天沒有手術，不該會這麼累啊？

童謙富不敢停太久，怕被過路人留意到，鄉下小地方，人人都認識，更別說他是醫院的院長了。

再度繫妥安全帶，手機響起，看來是醫院在催他了。

呼……驀地一陣氣，吹吐在他的耳畔，童謙富瞬間縮起頸子，全身都起雞皮疙瘩！

緊接著，一雙冰冷的小手從後繞前，圍住了他的頸子。

喝！

『醫生叔叔，我好不舒服喔，你幫幫我好嗎？』女孩稚嫩的聲音傳來，頭髮披散他的頸邊，『我需要治療呢！』

童謙富全身僵硬，不可能……不可能！好端端的他怎麼會有幻聽跟幻——女孩嬌柔的趴在他肩頭了，小手往下伸入他的領口，冰涼徹骨。

「妳……妳是……」童謙富戰戰兢兢的低首，的確看見了滑嫩的小手，但是異常的冷。

『幫我打針吧！醫生！』女孩笑吟吟的說著，『快點幫人家打針嘛！我、沒、穿、喔！』

「走開——」童謙富伸手抓起了巴著他頸子的手，卻聽見清脆的啪嚓一聲。

他依舊抓著女孩的手，嚴格說起來只有手肘部分，剛剛他輕輕一扯卻扯斷了女孩的小手；現在握在他手裡的，是一隻早已腐爛見骨的手肘——而後照鏡裡，映著一張慘白但精緻的女孩臉孔，看上去不過八、九歲，開始脫下身上的衣服。

然而衣服下本該迷人的身體，卻是由滿滿蠕動的蚯蚓所組成的！

「哇啊啊——」童謙富用力的踩下煞車，但是……踩不下去？

一雙小手，突然從他的褲檔中間冒出，雙手輕輕抵著他的雙腿，將他的腿分開，然後黑髮從中間冒了出來。

不可能……童謙富告訴自己是幻覺，力持鎮靜的轉動方向盤，看著那烏黑的頭顱，緊張的呼出的空氣都已泛白，這是不可能的事！

在他車裡的是什麼!?

『醫生叔叔，』胯間的女孩抬起頭，是另一個清秀的臉龐，『你要怎麼樣才可以救救人家呢？』

「不不不！」童謙富甩著頭，煞車無論如何都踩不下去，因爲跪在那裡的女孩，用自己的腳卡住了煞車，「這是假的！這是假的——」

『我什麼都願意做喔！』女孩仰著頭，衝著他笑。

身後那雙冰冷的手再度環住了他的頸子。

「滾開！妳們是假的！滾開——」童謙富怒吼不已，他打算放鬆油門，時速不減反增，「妳們到底想幹嘛——」

『陪著你啊！醫生叔叔！』女孩們同時異口同聲，『快幫我們打針嘛！』

童謙富看著後照鏡裡的女孩，她的臉突然崩解，年輕嬌俏的皮膚極速腐爛，一塊一塊的肉彷彿蠟油般崩落，全滴在了他身上！

雙腿間的女孩連眼球都流了出來，頭頂冒著的鮮血澆淋她的臉，她卻婀娜的要從他雙腿間擠上來。

『是你想讓我做什麼呢？醫生叔叔？』

「啊啊啊——」

第八章 下山的魔神仔們

神祈鎮絕對流年不利，還集中在這星期。許文慶的事情還沒解決，醫院院長竟在到院前發生自撞車禍，車子衝出了道路，直接撞上一旁大樹，一台賓士直接撞成一團廢鐵，連院長都不是完整的。

楊逸祺決定事情結束後一定要去拜拜，這麼密集的案件，鐵打的身體都會死人。

闕擎直接向阿忠借了個人機車，自己騎車到現場去看。

「我可以問嗎？」路上，後座的厲心棠實在忍不住了。

「不可以。」連問題都懶得知道，闕擎一秒拒絕。

「你為什麼這次這麼關心魔神仔的事啊？跟你之前反應很不一樣耶！」厲心棠也完全沒在理他，「你對阿飄都是敬而遠之開無視，之前也都很勉強，這次超主動，也不反對我說要留在這裡過夜的事！」

騎車的闕擎沒回話，在這裡騎車要很小心，像現在就有個全身骨折的傢伙用極扭曲的姿勢從道路左邊衝出來，打算橫過馬路，他龍頭一彎閃過，瞬間就迎面撞上一個滿臉是血、朝他伸手喊救命的人！

闕擎忍不住閉眼一秒，厲心棠這傢伙不知道「無視」，是一項她難以想像的超高技巧！

跟死狀淒慘的亡者面對面，聽著他們悽厲的慘叫，還有機會如同剛剛那般，迎面撞上！明明看得見也感受得到那血肉橫飛噴在自己臉上的觸感，噁心又必須力持鎮靜，要換作她……鐵定在那邊叭啦叭啦尖叫。

都這樣了，還在後面囉唆什麼！

「是因爲孩子嗎？因爲魔神仔都是小孩子？還是小魔不是厲鬼？」厲心棠繼續自問自答，「之前的上吊大姐很凶惡、我的朋友水鬼很溫和，但你也沒啥興趣，換作小朋友你就不一樣了……你其實外冷內熱吧？」

奇怪，他記得厲心棠說過，堅持不在自家夜店打工的理由之一，是希望離開那間吵死人的夜店，自己在外頭打工，擁有寧靜的空間；問題是她有沒有聽過自己吱吱喳喳的時候，哪裡寧靜了……悄悄深吸了一口氣，好吧，跟整間「百鬼夜行」比起來，她的確是安靜的一個。

畢竟「百鬼夜行」裡有一堆宿敵，那種劍拔弩張的氛圍下，厲心棠怎麼都算得上是安靜的一份子。

車子減速，闕擎聰明的把車子停在較遠的地方，遠處前方已拉起封鎖線，也看見警燈閃爍，他們在管制區前就停好，步行過去。

「咦？」即便不熟的警察見著他們也認得，有點吃驚，「你們怎麼跑過來了？」

「可以看一下嗎？」厲心棠其實已經看見，坐在廢鐵車上的魔神仔了。紅色的外套在黑暗中依然明顯，小魔的外套自帶明亮濾鏡，最近總是輕易瞧得清楚。

「你們還沒回去嗎？」李政然是新人，自然在外圍，「我要回家了，順便送你們去車站如何？」

「你先下崗嗎？」同事有點羨慕。

「學長說的，我們得輪班了，不然明天大家都會累垮！」李政然順道說了一些人的名字，都是第一批先回去休息的人。

「我們想看一下。」闕擎再提出要求，「至少確定原因。」

幾名警察瞬間沉默，心裡同時浮出「不會吧」的想法。

他們非常希望，這只是一場普通的自撞車禍，雖然時間點過度巧合，但總不會每件事都跟魔神仔有關吧？

李政然回頭請示，結果楊逸祺頭也不抬，直接同意。

獲得同意後通過封鎖線，厲心棠瞬間又不舒服的彎下身子，闕擎再度摟著她，讓她得以挽著他的手臂作爲依靠。

「感受就好，厲心棠，別被牽著走。」兩人走近現場，闕擎看的並非那團廢鐵，而是童謙富撞上的那棵樹。

蓊鬱大樹，枝葉茂密，在晚風中隨風窸窸窣窣，但樹上可坐了不少亡魂啊！

厲心棠全身緊繃，再度被敵意包裹，她戒慎的環顧四周，看著每個人，彷彿誰會對她不利似的。

「別讓他們靠近我……」她小心的說著。

「我在，妳依著我就不會有事。」闕擎沉穩的說著，「現在麻煩看一下現場，他們要搬屍體出來了。」

適巧切割完畢，人員小心翼翼的把車子前頭的部分卸下，可以看見被壓扁在駕駛座的男人，這種撞法自然渾身是血，骨頭盡斷，在拆掉車子前方時，還能看見童謙富穿出左腳的大腿骨。

「小心一點，把他抱出來。」楊逸祺凝重的看著現場，這時速到底是多快啊？他印象中的童謙富，謹慎細心，從來不會做這種冒險的事情！即使是他們通知他盡快到醫院來，但也不到十萬火急的地步啊！

手電筒照向破碎染血的儀表板，時速定格在160。

他再往旁邊照的瞬間，闕擎見著副駕駛座赫然跪坐著一個女孩，她紮著辮子，口吐白沫的看向他！

喝！闕擎略收了拳，待楊逸祺的手電筒再一晃而過時，女孩已經不見了。

「分局長！」醫護人員抬出童謙富的上半身時嚇了一跳，「這個是……」

楊逸祺趨前，闕擎也不客氣的拉著厲心棠往前走，童謙富正緩緩被拖離座位，另一位醫護扶著他的斷腿而出，但是他們卻看見……童謙富的褲子是脫到一半的狀況。

那是很色氣的脫法，外露的生殖器已血肉模糊的炸開在褲襠處，是男人都突然感到隱隱作痛。

「該死！」闕擎咬牙忿恨的說著，厲心棠卻笑了起來，她打從心底的湧起一股喜不自勝的欣慰感。

嘻嘻……笑聲夾帶在風聲與枝葉聲中，那些在樹上的亡靈們亦發出了同意的笑聲，儘管亡魂都藏於樹後，但闕擎依舊可以隱約看見都是女孩子，她們穿著蕾絲小洋裝，露出殘虐且欣喜的笑。

「殘餘組織可能黏在方向盤或哪塊廢鐵上了，務必收集齊全。」劉允治嘶了聲，感同身受似的，「他是邊開車邊在做什麼啊？」

「蓋上！」楊逸祺為顧及童謙富的名聲，趕緊叫人拿布蓋上，旋即回身尋找車內的殘餘組織，還有他的右手。

這情況也太詭異，童謙富彷彿在車內進行什麼愉快的運動似的，但問題是整台車內……他刻意探查幾乎沒有損傷的後座，空無一人啊。

「後座都要清查，我要所有的指紋跟DNA。」楊逸祺下令，他覺得有點奇怪，還是查清楚比較好。

接著轉頭，看向了闕擎。

「是，全部都有關係。」闕擎看著站在車頂的小魔直接回答，小魔正在跳舞咧，「都是魔神仔。」

劉允治覺得胃疼，連忙走了過來，但隨著他的逼近，厲心棠卻突然激動的興起防備，舉起右手指向他，「不要靠近我！」

這聲尖叫讓現場所有人都錯愕，闕擎只能輕拍，敷衍的安撫。

「哇喔！可愛的女孩又怎麼了？」劉允治識趣的停下，與他們拉開一公尺距離，「帥哥，你要知道這很難查，我不可能說證據是……魔神仔？他們不能出現做筆錄啊！」

「你不會希望他們出現的……」闕擎下巴朝上一抬，「滿樹都是！」

什麼！此話一出，正抬著屍體的人都差點鬆掉手，連楊逸祺也都大退一步，但手電筒卻往樹上照。

『討厭！』女孩的尖叫聲伴隨嘻笑聲傳來，一抹抹影子跳離了大樹，『嘻嘻……』

唯獨小魔還是站在車頂，像是目送著其他魔神仔遠走後，才跳下車子。

「不是自撞嗎？」劉允治沉了臉色。

「是自撞，但是查查為什麼自撞比較重要。」闕擎微微一笑，「所有事情都跟魔神仔有關，從林伯失蹤開始──厲心棠！」

厲心棠緊抱著闕擎的手，現在的她只有滿腔的忿怒與愉悅，覺得自己都快瘋了的亢奮，只見她抬起頭，那神情與眼神一點都不像是平常的厲心棠！

「還沒完呢……」她挑起一邊嘴角，「等著瞧，還沒完……」

下一秒她用力閉起雙眼，像是有什麼東西被抽離似的，雙腿一軟便往下癱去，闕擎早有準備，穩穩的扶住她的腰際。

樹上的魔神仔都走了，情緒感染力也該減弱了。

楊逸祺迅速整理頭緒，劉允治也明白狀況不對，兩大頭即刻走近低語，接著楊逸祺喚了李政然。

「里長的事跟院長的事你都知道對吧？」劉允治問著他，「你早知道戀童的事？」

李政然突然一凜，臉色刷白，「我不知道……」

「下午你拉走那小姐時情緒很激動，我看在眼裡。」劉允治沒給他辯駁的機會，「我現在想知道還有誰？或是誰在運作這一切？女孩是怎麼運過來的？」

「我不知道！」李政然倏地抬頭，「我怎麼會知道什麼管道！」

楊逸祺搭住劉允治的肩，「我們都知道，你不是獨生子，你還有其他姐妹，當年……」

「分局長！」李政然激動的出聲，「請不要再說了！我們是受害者！當年的事是我媽……我生母跟繼父幹的！」

「案子為先啊，阿政！」楊逸祺沉痛的看著他，「我無意提你的傷心事，但是如果曾聽過、知道你生母當時的聯絡人或是……」

李政然大退一步，緊握的雙拳微顫，臉上青筋暴露，「我不可能知道……」他狠瞪著楊逸祺，每個字都咬牙切齒，看來分局長踩到他地雷了！看著壓抑怒氣的男人，楊逸祺也不好再逼他。

「好吧！你回家休息，送他們去車站。」

李政然咬著牙點頭，連轉身都帶著火氣，厲心棠依然抓著闞擎的手臂，她尚在消化那些恨之入骨的情緒。

「大家脾氣都好差喔。」她喃喃的說著，「強大的恨意，還有那種巴不得折磨死他的想法，瀰漫在這個空間裡。」

「都把他弄死了，還恨嗎？」闕擎幽幽的問。

「恨，孩子們一邊笑、一邊哭……心好痛。」厲心棠默默低下頭，「我剛剛也有一瞬間，巴不得殺死他們。」

「他們？」闕擎詫異的看向她，「哪個他們？」

「所有人。」厲心棠昂起頭，斬釘截鐵，「所有男人。」

闕擎提出要在神祈鎮住一晚後，李政然即使詫異卻沒理由拒絕，但是在厲心棠還沒提出任何請求前，就表示他家無法借住，而阿忠家也不方便，不過他們兩個一開始就是打算睡警局的，反正很多犯人都能在警局過夜，對他們而言應該也是小意思。

「真抱歉，我不是不好客，但我家很小，又有妹妹在……」李政然陪他們去買宵夜，滿懷歉意，「而且我妹妹膽子很小。」

「沒事啦！我們本來就沒要打擾人，警局能睡就好啊！」厲心棠完全恢復正常，正在夾鹽酥雞，「我買份給你妹妹吃吧？」

「不必不必！」李政然連忙拒絕，但厲心棠已經逕自夾了起來。

妹妹啊，闕擎沒有錯過剛剛楊分局長對李政然說的話，所謂女孩的管道？這句話非常有深意。

「妹妹幾歲了？青少年吃點宵夜沒關係吧？」闕擎自然的開啓話題，「你們這幾天也太辛苦，鹽酥雞可是最能撫慰人心的食物喔！」

「就覺得不太健康，不常給她吃！」李政然尷尬的笑笑。

「高中生了嗎？」厲心棠把籃子遞給老闆，準備等待炸物。

「沒，她還小！小學而已，但是她現在沒在上學……自學。」李政然說得有些不自然。

哇，當警察這麼忙要怎麼自己教啊？厲心棠總覺得怪怪，但人家家裡的事也不好多問。

「我剛無意間聽到分局長與你對話，我想是以前的經歷，給了你們不少磨難吧！」闕擎說得雲淡風輕，「不過只要兄妹能在一起，就沒什麼好怕的！」

李政然看著闕擎，略抽了口氣，但最後卻感動得頻頻點頭，眼角還滲出點淚光。

「對，有我在，她便不必恐懼，我會保護她的！」李政然堅定的說著，「我們也只有彼此了。」

厲心棠把宵夜遞給他時，掙扎是否要開口請他去看一下他的原生家庭，高林美家？

因爲所有事情都跟魔神仔有關，從第一起失蹤案開始，一切都環環相扣，大家被里長的自殺以及院長的車禍分了神，是否都忘記還有一個曾走失的高林美？

「哎唷，買宵夜喔！警察是可以買宵夜喔？這麼閒！」

聲音來自背後，騎車剛停妥的陳姿雀立即開口嘲諷，厲心棠雙眼都亮了起來！來得好啊！

「警察不必吃飯嗎？而且他下班了。」厲心棠回過身立即回嘴。

陳姿雀哼了一聲，粗魯的跟老闆點了兩份鹽酥雞，不爽的看著李政然。

「外人都比家人重要啦！生你還不如生塊蕃薯，阿嬤都這樣了還不聞不問，大家都很行啦，就丟給我照顧啦！」陳姿雀的嘴從來沒停過，「早知道我姐當初懷你時我就叫她打掉，還不如生女的，至少還能賺錢！」

「閉嘴！」李政然猛然咆哮，衝出去就要抓過陳姿雀的衣服。

闞擎眼明手快，瞬間推開了他伸出的手，讓他偏移幾寸，李政然即刻惡狠狠的瞪向闞擎。

「你還穿著制服，沒必要跟自己過不去。」闞擎出聲警示，李政然生氣時相當凶狠咧！「跟這種人計較，不值得！」

「打啊！你打啊，我笑你不敢啦，俗辣！幹！」陳姿雀挺起胸膛，繼續挑釁，「你就只有欺負家裡人最強啦！吃我們家的飯長大的還忘恩負義，生你後我們家花了多少錢？都還沒回本，就跟了個條子老爸走了，狗都知道回饋，你這種人連狗都不如！賤！」

哇塞！厲心棠深深佩服這位陳姿雀小姐，到底人怎麼有辦法講每個字都讓人拳頭變硬的啊？

李政然也快忍不住了，闞擎連忙推著他離開，厲心棠左顧右盼，尋找小魔身影……啊咧，怎麼很久沒出現，他也怕這個女人嗎？

「厚啊啦！阿雀！」結果鹽酥雞老闆娘聽不下去了，「他很早就跟你們家沒關係了！不要說別的，當初你們如果沒把他打個半死，他也不會被領養啊！」

「啊靠夭喔！干妳屁事！妳管我們家務事幹嘛！這麼關心那個不肖子，妳是跟他搞上了喔！」陳姿雀再度展開神乎其技的無中生有，「這種人就是爛啦！我就看不慣我媽走失他都不在乎，好不容易回來又不聞不問，要不是我媽福氣好，剛剛恢復正常說想吃飯了，不然靠他喔……了然啦！」

——咦？——厲心棠跟闕擎是同時回頭的，高林美恢復神智了！

「林美嬿說話了？」闕擎即刻跑到陳姿雀面前，「神智清醒？」

陳姿雀看著闕擎愣了兩秒，唉呀，這小夥子早上戴口罩時看不出來，長得很好看捏！陳姿雀咧開一嘴檳榔牙，還撩了撩頭髮，瞬間變溫柔。

「本來我也是很擔心啦，一直喊她都不理，結果我剛要去洗澡時，她突然叫我的名字，說她好餓。」

厲心棠翻了好幾個白眼，這語調聽著就令人起雞皮疙瘩啊！但她沒忘記正事，立即看向李政然。

「去看一眼好嗎？就……當警民服務？早上不是問不出什麼？現在剛好可以問問？」她客氣的說著，「林美嬿的案子，現在是屬於你負責對吧？」

李政然顯得非常不情願，看了看手錶，快八點，他實在不想太晚回家，敏敏會害怕的。

「如果問不出什麼，半小時內就離開，我跟闕擎都在，我們幫你。」厲心棠又在那邊掛保證了。

闞擎也走了過來，「如果能知道阿嬤是怎麼走失的，在山裡發生什麼事，對目前發生的事多少都會有幫助——你們應該想知道，魔神仔到底是怎麼回事吧？」

總不能每次發生事情，就只能敲鑼打鼓的趕人？

而且鑼敲破了，也改變不掉有人自殺、有人生吃腐肉與蛆蟲的事實啊！

李政然緊皺眉心，再不情願，他也不能對不起臂上的警徽，終究還是點了頭。

「不記得、不知道，不清楚、沒有印象。」

佇著拐杖的高林美從頭到尾就三不一沒有，她的記憶有一大段空白，直到剛剛突然恢復時，還有些迷糊，自己居然回家了？

陳姿雀把鹽酥雞撕開包裝，連盤子都懶得拿，高林美則自個兒往廚房走去，看來是要拿飲料。

「所以您之前的記憶停留在阿好嬸家嗎？然後就接著剛剛醒來？」李政然有開錄影記錄，同時抄寫。

「對，我記得老林被找到，阿好跑出去說要去看熱鬧，然後……啊啊！」高林美像是想到什麼似的，「家裡有人！唉呀！阿好家有東西啦！」

她突然緊張的喊了起來，抓過拐杖緊張的往客廳走去。

「不急，這已經是好幾天前的事了，阿好嬸家都很好，沒事！」李政然連忙阻止她，「妳說有小偷嗎？」

「不知道，好像是歹咪壓！有小孩子跑來跑去，然後……我好像跌倒……」高林美定住，陷入了沉思，「對啊，我跌倒了，然後我回家了？」

魔神仔。大家心裡都浮現同一個名稱。

李政然認真的記錄，這個跟老人痴呆症也有類似狀況，會有一段時間的記憶錯亂或喪失。

「我知道了！有問題我會再來問您。」李政然維持客套，逕向外走去。

走到客廳時，陳姿雀盤坐在椅子上，已經在品嚐美味的鹽酥雞了，「警察大人，問完了喔？」

「阿嬤中段記憶喪失，她如果想起些什麼，請隨時告知警方。」李政然制式的回應，瞄向門邊的男女，厲心棠堆滿微笑，不停使著眼色：給阿嬤吃吃看鹽酥雞啊！

看看在她眼裡，那是令人食指大動的鹽酥雞？還是可怕的腐肉？

李政然內心很矛盾，他覺得不該去信那些怪力亂神的事，但是接二連三的案子都太令人匪夷所思了。

雖然，他心底深處是喜歡這樣的案子，因爲他厭惡的人早就該死了。

「阿嬤，快點來吃東西吧，妳不是肚子餓了？」李政然回身朝走廊走去，高林美步行緩慢，「林美……嬤？」

轉過身去，高林美不見了，本該從廚房走來的她卻消失，李政然直覺是她進了走廊邊的房間。

「高林美！」李政然的皮鞋聲噠噠，「您怎麼了？在哪裡？」

陳姿雀轉動著竹籤的手驟停，她明顯的在聽動靜，然後突然緊張起身，匆匆的往走廊去。

厲心棠也很想過去看狀況，但不太適合，她跟闕擎站在大門邊，朝左可以看見那條走廊，現下陳姿雀正趕過去，但高林美跟李政然早轉進離廚房最近的那間房間裡了。

房內堆滿成山的雜物，勉強有條路通行，高林美在房間的角落，翻找著東西。

「媽！妳在幹嘛？好好的進來做什麼？」陳姿雀顯得不耐煩，還一把撞開了李政然，「借過啦！」

「登～登登登登～登登登……」高林美嘴裡喃喃的，像是在哼著什麼節奏似的，身體靠著雜物堆，很勉強的伸手抽出雜物山中間裡頭的一包東西。

「媽！」陳姿雀伸手想搶過，怎知高林美動作突然變得格外靈巧，閃開了她的攔截，轉身將那包東西遞到李政然面前。

她咧嘴而笑，顫抖的手想拆開布包上的死結，「聽，聽到沒有……」

隨著她的晃動，那布包內突然響起了音樂聲……啊，是音樂盒！李政然僵在原地，雖說只有片段前奏，但他還是聽出了那是什麼曲子！

紅外套的魔神仔就站在那間房門口，突然張開雙臂，做出了一個芭蕾舞的優美姿勢，隨著他墊高的腳尖，能清楚的看見他赤裸的那隻腳底，幾乎沒有了皮肉。

「為什麼妳還留著？」李政然一把搶過了布包，飛快的要打開，但陳姿雀卻上前想搶。

「這我們家的東西，你動什麼啊！」陳姿雀尖吼著，這一秒，李政然又成了外人。

聽見糾紛，闞擎覺得有理由可以走進去了，率先邁開步伐，「怎麼了嗎？李警官？需要協助嗎？」

「這是她要給我的！裡面是那個音樂盒！」李政然完全沒在客氣，一揮手臂，打飛陳姿雀。

「哇哩幹……」又是一連串難以入耳的髒話出現，陳姿雀被打倒在地，狼狽的撫著發疼的鼻子，緊接爬起身又想撲上前去。

於此同時，天上突然下起了衣物雨，趕到門口的厲心棠恰巧看見一件件泛黃的公主裙灑滿了李政然與陳姿雀的身體，是高林美丟的！

「媽！」陳姿雀氣急敗壞的趕緊抓過一地衣服收拾，「妳為什麼留這些？留這些做什麼？」

李政然抓下蓋住他頭的那件衣服，粉色帶蕾絲與蝴蝶結的裙子，可愛的小公主衣服，是許多女孩子童年最愛的服飾……他緊掐住那件衣服，他至今也沒忘記，穿上這件衣服轉著圈的姐姐，看起來有多開心。

但是後來她就不再笑了，不管多美麗的服裝、多少蝴蝶結……都換不回初次的燦爛笑容。

衣服被陳姿雀一把抽過，她慌張的繼續收拾衣服，李政然沒有與之互搶，更重要的是布包裡的東西！

「哈……哈哈哈……嘿嘿嘿……」高林美突然笑了起來，她用一種詭異又瘋狂的聲音大笑著，而且是那種狂笑般的連綿不止，「哈哈哈哈哈……」

「笑三小啊！」陳姿雀氣急敗壞的吼著。

趁著陳姿雀慌亂的亂塞衣服，李政然已經取出了布包裡的東西，果然是一個音樂盒，上頭是橢圓透明罩，裡頭就是跳著芭蕾舞的女孩，姿勢與剛剛小魔擺出的一模一樣！

「放下！」陳姿雀注意到他拿走了東西，跟著跳起來，「不許你拿！」

「這是我姐的！」李政然大喊著，「這是她最寶貝的東西！」

「已經不見的人留那個幹嘛！」陳姿雀想追去，結果高林美突然抓住她，「媽！妳幹什麼！」

「給他！給他啦！」高林美看起來似正常非正常，瞇起的眼笑彎著，卻帶著過分和靄的笑容。

她略歪著頭，卻衝著厲心棠跟闕擎咧嘴而笑，那像是刻意揣摩出的親切笑容，僵硬又令人毛骨悚然。

李政然捧著那音樂盒奪門而出，不忘叫上他們兩個！走！

闕擎與高林美四目相對，她也不閃不躲，就這麼看著他，但眼神一點並不像是一個老者。

太清澈了！不像這個年紀的人！

「等等！急什麼！」他焦急的拉住厲心棠，「她還沒吃東西！」

「要等到什麼時候啊，現在就……」厲心棠心一橫，鼻間聞到了自己手上的香氣，突然又起一塊鹽酥雞就往房裡衝！

「夭壽骨！妳又是誰？妳擅闖我家是要做什麼？」陳姿雀最強的就是隨時都能反應出髒話！

厲心棠當她不在，伸長手就遞過一塊鹽酥雞到高林美面前。

「阿嬤，妳餓了，先吃一個！」

高林美一怔，看著眼前的厲心棠，突然雙眼蒙上一層混濁，然後蹙眉狐疑的左顧右盼，彷彿對自己身在這雜物間感到困惑後，又瞧見了眼前的鹽酥雞。

「謝謝……！」三分錯愕，但還是接過籤子，張嘴咬了下去。

「燙喔！小心……」其實早涼透了，厲心棠只是應付式的關心。

一口咬下，看起來像是鮮嫩多汁，而且高林美沒有出現任何噁心的不適感，還泛出笑容。

「這幹他媽的好吃耶！」老人家連連點頭。

厲心棠即刻閃身往外走，闕擎非常詫異，他們都以爲從山裡回來的高林美會跟林旺福一樣，對美食恐懼，對腐肉視如珍寶。

「她正常耶！」連闕擎都感嘆萬千。

「她正常我腦子就亂啦！」厲心棠咬唷了幾百聲，「所以她跟魔神仔無關嗎？」

那是誰帶她進山的？

第九章 親愛的家人

拖著步伐回家，李政然今天眞的是累壞了，案子接二連三發生，但是更因爲心情的放鬆，所以剎那間變得極度疲憊。

女孩蜷在客廳裡，一聽見開門立即跳下沙發，聞到了即使冷卻還是香氣逼人的鹽酥雞。

「哇……」她嚥了口口水。

「喏，有個漂亮姐姐請妳吃的！」李政然遞出右手的鹽酥雞，女孩開心的接過。

她乖巧的來到廚房，找了塊適當的盤子倒出，再準備兩個小盤子跟叉子，然後坐上餐桌，等待換好衣服的李政然。

「我今天好累喔，敏敏！妳有看新聞吧？」李政然到廚房找食物，拿了個包子扔進電鍋裡，「妳先吃，沒關係！」

「謝謝哥哥！」她興高采烈的叉起鹽酥雞，噢，即使涼了，還是超級好吃！

「新聞好多事，有拍到哥哥喔！」

「嗯，人手不足沒辦法！不過終歸還是好事。」李政然走了過來，將手裡的音樂盒擺在桌上，「看！這是什麼？」

咦？嚼著鹽酥雞的女孩自然看得出那是音樂盒，不過看起來有點舊。

「這是姐姐的喔！」李政然轉動起音樂盒，裡頭流洩出美好的曲子。

女孩聽著，跟著晃動身子，她學過這首曲子，是天鵝湖。

「妳可能不記得了，我們有個姐姐，她被打得不比我少，還是很常護著我們……她說她喜歡跳舞，想學芭蕾。」李政然回想著過去，「希望她現在眞的有在跳舞。」

「希望？」女孩不傻，「姐姐呢？」

「不知道！有一次她被打得很慘，趁機跑出家裡後就沒再回來了！」李政然伸出左手，用力握緊了女孩的手，「就跟當年我拉著妳逃走一樣……一直跑一直跑，再也不回那個家。」

女孩望著他，眼底的淚水在打轉，拿起另一支叉子，爲李政然也叉了塊鹽酥雞，遞上前去。

李政然幸福的笑開顏，咬下雞肉，「謝謝！」

「不客氣！」女孩滿足的勾起笑容，開心的繼續吃著，好久沒吃到鹽酥雞了呢！

「欺負妳們的人今天又死了呢，有沒有開心？」李政然突然凝視著女孩，伸手往她頭頂去，「我以爲拿他沒辦法，沒想到……還是有報應來的一天。」

女孩略顫了一下身子，李政然則摸了摸她的頭。

「欺負我的……里長還有那個樹林裡的太太嗎？」

「里長跟院長，院長剛剛車禍也死了，他們都是死有餘辜，大家都說是魔神仔弄的，我眞的寧願相信是魔神仔。」李政然抬起頭，釋然的舒了口氣，「那個林伯伯也是，噢，里長太太是因爲她知道妳在受苦，卻從不幫忙。」

吃東西的速度慢了下來，女孩看上去有些憂愁，李政然見狀忙去房間拿出一罐可樂，可樂是表現好或是慶祝時才能喝的呢！

「我們今天要慶祝，不要傷心！」李政然還幫她倒飲料進杯子裡，「哥哥明天要早起不能喝酒，但是我也要來一瓶可樂。」

「哇……」女孩看見可樂雙眼都亮了。

李政然趁機把蒸好的包子也拿出來，與女孩舉杯同慶。

「過去我們因爲弱小沒辦法阻止，但是天理昭彰！」李政然舉起杯子，與女孩擊杯！「死得好！」

女孩不敢應聲，這句話她眞的不敢喊，因爲現在在她背後，她就覺得有眼睛正在盯著她。

「哥哥，你明天很早就出門嗎？」她咬了咬唇問。

「嗯，案子太多，我明天要輪班。」李政然大口咬下包子，「我會把餐都準備好啊！」

女孩搖搖頭，「哥哥，可以帶我出去嗎？」

李政然愣住了，因爲遲疑的這幾秒，還讓燒燙的包子餡燙到嘴唇，「哇呼呼呼……好燙！妳說什麼？妳要出去？」

她用力的點頭，表達自己的渴望，「對！」

「妳敢……出門了？」李政然試探性的問著，「哥哥的朋友都是警察，都是……男生喔！」

女孩握著杯子的手稍稍一抖，她抿了抿唇，最終還是再度點頭，「我覺得我可以。」

李政然有點感動，鼻頭一酸，淚水都要奪眶而出！突然放下杯子，招呼女孩到身前，一把將她抱起放在腿上，緊緊的抱著。

「不必勉強……哥哥都知道，那些變態傷妳多深！」他貼著女孩的頭，緊緊的抱著，「我們明天先試著從門口走到車子旁，只要妳怕，隨時跟哥哥說沒關係的好嗎？」

淚水自女孩眼中湧出，小手攬住了李政然的頸子，「好，好……」

「不管發生什麼事，哥哥都會保護妳的，妳放心！」李政然吻著女孩的額頭，「不敢也沒關係，只要妳想嘗試，哥哥都守著妳！不再讓任何人欺負妳！」

女孩緊緊的摟住了他，「謝謝哥哥！」

溫暖又有愛的晚餐在盤底朝空中結束，女孩說要幫忙洗碗，讓哥哥先去洗澡，李政然雖有遲疑，但他不想阻止妹妹想做的事。

女孩搬過凳子，高度才剛好，她清洗著碗盤跟杯子，黯淡的銀色流理台反射著她模糊的影子，水龍頭的水突然像間歇式斷斷續續，女孩盯著流理台，看著她的右邊，緩緩出現了另一道模糊影子。

帶著鮮紅的一幢影子由後逼近，女孩汗毛直豎，她洗碗的動作緩了下來，卻不敢回頭。

「拜託你們不要這樣……」她閉著眼睛低喃，「求求你們，我不認識你們，這真的不關我的事……」

噠噠足音從她身後跑過，女孩忍不住的尖叫出聲，「呀！」

她嚇得蹲下身子，雙手攀著流理台邊緣，同時傳出鏗鏘聲響，此起彼落！

李政然急促走出房間，「敏敏，怎麼……」

李政然愣住了，他看向廚房，還有蹲在小凳子上的女孩，她上方所有系統櫃門均被打開，每一個抽屜也都拉開，地上還有一地的碎碗盤。

女孩戰戰兢兢的向左轉看向他，滿臉淚痕，「不是我……眞的不是我……」

「妳爲什麼要這樣！」李政然突然瞪大雙眼，氣忿的甩掉手上的衣物，大步的朝廚房裡走去，「謝思敏！」

「不是我！」她哭著尖叫起來，「眞的不是我——不是我！拜託——呀！」

舞動著戴有銀色蕾絲戒的手指，厲心棠有點不耐煩的拿著手機，「我知道，我在這裡沒有事，這次沒有亡靈會找我們麻煩，是我們在幫一個魔神仔……嗄？幫什麼喔？」

闕擎比劃了個手勢，她倒是明白，「要幫助一票可憐的小女孩，都是小孩子的鬼魂喔，這個魔神仔是想幫其他魔神仔……對！對啦！」

桌對面的男人無言搖頭，他猜這是厲心棠生平第一次外宿，時間是十一點，明明是「百鬼夜行」最忙的時刻，每一個卻堅持都要跟她講到電話才罷休。

『妳明天要上班不要忘了，再怎樣今天要好好睡。』輪到德古拉說話了，背景音樂吵得要命，『拜託注意安全，大家都不放心。』

「我已經成年了！」厲心棠萬分無奈，「但我知道大家關心我，可是不要過分擔心好嗎？」

『妳在跟鬼打交道，棠棠。』德古拉語住心長，『可正可邪，不是每個魔神仔都只是帶人迷路迷好玩的，也是有凶惡的傢伙，只要引入住所他們就能放肆了。』

「我懂，但是……之前去店裡的那位是好的吧？而且我們今晚睡警局，安啦！」她好言勸說，「他們是朝了某些人下手，但應該都針對性的，不是濫殺。」

吧？厲心棠尾音沒說，她也只是猜測。總之，現在沒有任何一個魔神仔傷害她或是闕擎啊。

『總之小心爲上，有事隨時報百鬼夜行的名號，讓孤魂野鬼來通風報信。』

「是！」

終於，在二十分鐘後，厲心棠掛掉電話，看起來比今天跑一天還累。

「很不錯啊，要珍惜，像我連打電話回去報備都不需要，因爲沒人可以打。」闕擎輕描淡寫的說著，「有人關心是幸福。」

哇，厲心棠突然尷尬起來，怎麼闕擎好像用一種稀鬆平常的語氣在講一個有點可憐的身世啊？

「對不起……」她直覺道歉。

「為什麼？噢，妳不要想太多。」闕擎難得輕笑，「我剛好不需要這種關心。」

「嗄？剛剛才說一套……有親人關心不好嗎？」她噘起嘴，塞進甜不辣。

「嗯，不好。」他倒是沒什麼猶豫，「親人不見得就是好的，要是都這麼好，妳還會有被撿到的機會？」

哇、塞！厲心棠拿籤子指向闕擎，「很厲害耶！說得也是！我可是被丟掉的呢！」

就是被丟掉，才有被叔叔撿到的時候啊！

「再舉例，我看高林美家的親人也不是很好啊！」闕擎舉起例來倒是俐落，「還有，身為那位里長的孫女，也不見得多幸福！」

「唷！好噁爛！」提起許文慶，厲心棠立即露出嫌惡的表情，「居然猥褻自己的孫女，居然爸媽都不知道！」

「居然知道的還不阻止。」闕擎說的是里長太太。

「所以現在就落得吃腐肉蛆蟲！」厲心棠挑了挑眉，「林伯應該也是吧？」

嗯哼，闕擎正在統整著一切，「妳今天在車禍現場說過還沒完，加上楊分局長提到的什麼管道，應該是有個組織或集團，專門提供小女孩給這些戀童癖吧？」

「說不定最近這附近的女孩失蹤案也能扯上關係，現在還有拐賣人口的事嗎？」厲心棠提起這個就覺得不爽，「爲了這群死變態！」

「只怕這群死變態的市場不小，而且背景雄厚！每年都有幾萬人失蹤，這種事絕對還存在。」闕擎扔下竹籤，肚子好撐，這女人叫太多了啦！

椅子轉向，他挪了一個適當舒服的位子，他要來好好想想。

「爲什麼林美嬿對食物沒有抗拒？她的記憶中斷跟林旺福很像，看她今天走路的模樣，我無法相信她一個人能從阿好嬸家走進山裡，晃了兩天再走出來。」厲心棠托著腮，「可是她今天正常的吃下鹽酥雞，我都想尖叫了！」

這就推翻他們以爲的：高林美跟戀童事件有關啊！

「對啊，而且我是這樣猜的，李政然的姐姐可能就是被拿去性交易的女童，而且是被自己親人送出去賣，所以楊分局長才問他知不知道誰在運作？是否剛好是提供里長跟院長女童的管道？」闕擎腦海裡浮現那個音樂盒、高林美的眼神，一切都在腦子裡盤旋，揮之不去。

「對，陳姿雀都大言不慚的直接說女生才能賺錢了……幸好他們兄妹最後是被之前的分局長收養了！只是那個姐姐……」厲心棠當時沒敢問，因為一路上李政然都極為珍惜的捧著那個音樂盒，感覺他的姐姐似乎出事了，「山裡的魔神仔會不會是……那個姐姐？」

「不知道，看到也不曉得。」闕擎睜眼瞄向她，「妳有感受到什麼嗎？除了情緒之外，有沒有記憶或其他有線索的？」

厲心棠突然臉色一凜，僵硬的避開眼神，隨意插著鹽酥雞吃。

闕擎先是狐疑，然後瞬間明白，她的確感受到了什麼……例如女孩們生前的遭遇！

所以她敵意才會這麼重！

「那些是亡者的感受，不要套在妳身上！」他難得溫柔。

「說得容易，畫面眞噁心到……又恐懼又傷心又無助，但還是只能任人蹂躪！我完全能理解她們的恨。」厲心棠邊說搓著臂，「只是我不懂，為什麼是現在？」

「因為林旺福觸發了什麼。」闕擎突地坐直身子，開始拿鹽酥雞們當人偶，「他日常進山沒事，但這次失蹤絕對是做了什麼、或是犯到誰，激出怨氣與惡鬼。」

厲心棠連忙滾來一個炸魷魚，「大家找不到他，敲鑼打鼓中，把魔神仔吵下山去找我……去找你的小魔。」

提起這個闕擎又瞪了她一眼，但沒說什麼的跟著擺上甜不辣，「山裡的怨氣已起，山中的魔神仔不只是要戲弄人迷路而已，林旺福也已經痛苦的只能吃腐肉，然後帶走高林美——」

說到這裡，闕擎很遲疑，挪動著花枝丸卻不知道該擺哪裡，因爲高林美的位置不明啊。

「於此同時里長許文慶自殘、里長太太也煮了腐肉大餐。」厲心棠自顧自的拖來四季豆，再拿過了百頁豆腐，「下一個就是院長，我猜是怨魂在車內對他出手，所以砰——」

看著紙袋上的食物，闕擎將手裡的花枝丸擺到正中心位子，「我還是覺得這家人是關鍵，只是不懂爲什麼沒從他們先下手？」

「時候未到？」厲心棠戳了戳花枝丸，「奇怪的是，早上高林美魂魄未歸位，下午就回來囉？」

「不。」闕擎當即否認。

他不覺得高林美的魂魄歸位，他甚至不認爲晚上見到的那個具意識的高林美就是本人……那雙眼神清澈得像是個孩子，而且敢直視著他的雙眼。

孩子？音樂盒……不會吧？

「你爲什麼會願意陪我留在這裡？而且插手這件事？我們可沒有談好，這個事件會給你說出幾次『百鬼夜行』店名的機會喔！」厲心棠再接再厲，「就因爲魔神仔是孩子嗎？還是……孩子讓你想起了什麼？」

「我沒有這麼富有同情心，妳想多了。」這一次，闕擎回應了。「我只是，有種不得不管的感覺。」

厲心棠笑了起來，「說不定是因爲我！你擔心我一個人在這裡！」

「哦，眞要如此——」他堆起微笑，「我要擔心的是這裡所有大大小小的魔神仔吧！」

不到中午，陳姿雀聽見有人開門時，覺得相當驚愕，鐵捲門的聲音喀啦喀啦的巨響，嚇得她從床上跳了起來。

從樓上衝下來時，恰好看見一個捲髮女人彎身鑽了進來。

「厚，有夠亂！」陳永琇一抬頭就見她，「妳也稍微整理一下！」

跟著陳永琇身後進來的男人依然沒變，照樣一副凶狠模樣的傢伙，她的繼姐夫。

「姐，姐夫……」陳姿雀覺得莫名其妙。

「旺旺！看看我帶了什麼來給你？」謝啓鈞四處張望，「旺旺咧？」

「跑丟好幾天了！」陳姿雀隨口敷衍，試圖擋著陳永琇，「你們到底來幹嘛？」

「幹！這我家不能回嗎？」陳永琇被質疑的不爽，此時鐵捲門已經全然升起，室內一片通亮，「好香喔，媽在做飯嗎？」

說著，她就要往左邊走廊去，但陳姿雀飛快的衝下來擋在走廊口。

「回家？前兩天我跟妳說媽失蹤，就不見妳回來啊！」陳姿雀破口大罵，「現在媽沒事了，妳回來裝什麼孝順？」

陳永琇狠狠的瞪著她，突然一把抓住陳姿雀的頭髮，就狠狠的往牆邊撞。

「我去妳的敢在我面前囂張！妳們這幾年的生活費怎麼來的！在我面前暢秋？」陳永琇抓著她的頭，一下再一下的往牆邊撞，「我打到妳認清楚誰是妳姐！」

身後的男人塞了顆檳榔進嘴裡，用腳把椅子上的東西都掃掉，再踢掉昨晚的宵夜，好整以暇的坐上沙發，雙腳擱在上頭。

「住手——妳瘋了啊！」陳姿雀歇斯底里的開始抵抗，用全身的氣力撞向姐姐，兩個人瞬間在走廊上扭打成一團，「誰稀罕妳那幾個臭錢！都是骯髒錢！」

「世上沒人在嫌錢骯髒的啦！」

廚房裡的高林美停下手裡的動作，拿著鍋鏟走到了走廊末，看著打成一團的女人們，面無表情的望著。

「……媽！」陳永琇最先注意到她，立刻鬆手，將陳姿雀往對面牆上推去。

陳姿雀撞上牆後狼狽倒地，連爬都懶得先爬起。

高林美搖搖頭，轉身繼續進入廚房。

「好香！好久沒吃媽做的菜了耶！」陳永琇裝模作樣的說著，「幸好您沒事，我這不是跟啓鈞有點事，所以眞沒辦法趕回來找妳……親愛的！」

她對著外面喊，男人即刻起身，拎著補品走來，還跨過坐在地上的陳姿雀。

「媽，好久不見！沒及時趕回來是我們的錯。」男人客套的說著，「這我給您買的健康食品，吃吃，補補身體。」

高林美瞥了他一眼，「放在旁邊吧！」

「你們發什麼瘋？突然跑來？」陳姿雀這才拖著步伐走進廚房，「媽！妳腳不好煮什麼菜！」

她想上前幫忙，卻發現高林美完全沒拿拐杖？不僅站得穩當，這還剛好盛妥一盤菜，遞給陳永琇。

望著一桌佳餚，這可都是媽以前的拿手菜啊！

「媽叫我回來的，昨天打給我們呢！說一家人該團聚了！」陳永琇將菜擱上桌，「居然沒跟妳說？」

「媽是在發什麼神經？」陳姿雀根本不吃這套，「老、二，老大跟老三都斷聯了，妳那個寶貝兒子也不認這個家，還什麼一家人！」

提到李政然，陳永琇瞬間變了臉色，「你說謝政然？」

「他現在叫李政然，別忘了他早被那個姓李的警察收養了！他調回這裡，媽失蹤那天，連理都不理！」陳姿雀提到這件事就有氣，「我跑去警局找他，跟我在那邊說：這不是我負責的，我負責女孩失蹤案！我幹他媽的……」

「幹嘛譙我！」陳永琇即刻不爽的嚷嚷，「妳去招惹他幹嘛？他說得也沒錯啊……都多久不見了？」

一旁的謝啓鈞也有點尷尬，一不是他親生的、二很早就被領養走了，現在在他面前也認不出來。

「調回來這裡是什麼意思？妳到警局找他？不會——跟那個現成老爸一樣，也是警察吧？」謝啓鈞一臉嫌惡。

「對！就是警察！」陳姿雀朝著二姐冷笑，「妳小心啊，這些勾當被他知道，我保證他會大義滅親！」

「我能有什麼勾當？」陳永琇皮笑肉不笑的回著。

「這兩天出多少事、死了多少人看見沒有？」陳姿雀不懷好意的趨前，湊在她耳邊，「全都是以前的客戶……警方在查呢！」

陳永琇忿忿的瞪向妹妹，不客氣的伸手就是一推。

所以她才不想回來，但是媽在電話裡說有重要的事要跟她，還有……財產她想先分好，要不然她回來幹什麼！

「身爲警察喔，很了不起啊！」謝啓鈞訕笑起來，「當年還是個只會哭的混帳咧！」

他印象裡的李政然，就是個縮在角落、被打到半死也不肯哭出聲的傢伙。

又一盤菜炒好，高林美端著走近桌邊，放下菜時手勁可重了。

「難得相聚，說話就不能好聽點嗎？以前那些事都不要提了！」高林美嚴厲的說著，「等等阿政來，每個人嘴巴都給妳娘放乾淨點！」

三個人瞪圓雙眼，「你找他來？」

高林美哼的旋身，「一家人，好好吃個飯，很難嗎？」

「他沒當我們是一家人啊！」陳姿雀氣急敗壞的吼著。

陳永琇渾身不舒服，她不安走向謝啓鈞，兩個人交換眼神，李政然這個兒子她很早就當沒了！事隔多年見面，豈不尷尬？

躲？還是閃？她猶豫著，但謝啓鈞只是安慰著她。

「就是個孩子，有什麼好怕的，還是妳肚子出來的！」謝啓鈞低語，「我當年揍他揍成那樣我都沒在怕了！」

不是怕……陳永琇說不上來，也或許是覺得沒臉見他吧。

因爲她不是個合格的媽媽，她從不否認，而且也不引以爲恥！

身在這個家，誰不是飛蛾撲火般的衝進愛情裡，在人生中賭一把！只希望能快點脫離這個家！現在風燭殘年的媽以前可是個厲害的角色，打起人來狠戾非常，好的沒教兩樣，專教他們偷跟騙，所以他們四個姐妹全都是偷矇拐騙大的。

她們每個人都在未十八歲前懷孕或嫁人，老大跟老三賭運最好，嫁得不錯的人家，再有什麼委屈也比待在這個家好！她就不同了，第一個孩子都要生了就被甩掉，說好的結婚也騙人；一年後再嫁一個，生下孩子後就被劈腿，又離了婚！

離婚時才發現懷孕，把孩子生下來後，認識了現在這個啓鈞。

他算疼她，雖不是多好的生活，但他們臭味相投，全都是惡徒。她從不管生下的孩子，反正都是領補助用。每次不順就是回娘家，把孩子丟給爸媽或是阿雀。因爲阿雀賭運更糟，被拐了錢還被打，最後還要籌錢求對方離婚放了她，後來男友一個接一個，還吸毒勒戒過，硬要說眞比她慘，至今沒個依靠。

三個孩子她從不關心，直到她發現女孩可以賣錢，喜歡小女孩的變態眞的很多，而她們家唯一可取的就是長得好，所以兩個女兒都很漂亮……最不值錢的就是阿政，一天到晚惹她心煩。

她都扔給啓鈞管教，他們家族是暴力一脈相承，小時候媽打得凶，爸打得叫慘絕人寰，長大後她一樣揍孩子，啓鈞也沒在手軟，他們懶得教養時，媽跟阿雀下手也沒在輕。

她不心疼，所以她很大方承認，她不配爲人母，但那又怎樣?他們的生命一樣是她給的啊!

幸好女孩可愛，可以賺錢，所以她對女孩比較好。

「他知道我對其他姐妹做了什麼，這樣見面不大好吧?」陳永琇還是退卻，

「媽，我不想跟阿政見面！」

陳姿雀一把拉住她，「妳怕什麼啊！這妳家耶！」

「我覺得不妥，之前他被領養時我也沒管，斷絕關係後還見面太尷尬了！」

陳永琇甩開妹妹，「妳剛也說這兩天的事鬧得這麼大，他一定還懷恨在心的！」

「有我在妳怕什麼？」謝啓鈞大手摟過愛妻。

「我也在啊！雖然妳很機掰，但是好歹是我姐！」陳姿雀拉著她回到餐桌邊，「我小時候也把他當球踹，我都照樣敢對他大小聲了！」

「可是……」陳永琇依舊猶豫，高林美在角落碗籃邊弄出鏗鏘聲，「媽？」

「吵什麼！不會過來幫我嗎？」高林美吃力的拐著腳，陳姿雀趕緊上前去扶，「我都累一早上了！」

「媽！啊妳拐杖呢？幹嘛逞強啦！」陳姿雀碎碎唸著，攙著高林美坐下。

謝啓鈞跟陳永琇將碗筷擺好，不情願但還是擺上李政然的碗筷！高林美要大家坐下，等著李政然來，大家再一起吃。

只是，等到十二點半，李政然還是沒出現。

高林美最終說了聲開飯，陳永琇這才鬆了口氣，這時她就會欣賞那孩子的硬骨氣，說不來就不來！他們只是有緣無份的母子，不需要強求！

謝啓鈞還趁空去買了一手啤酒，一家人終於輕鬆自在的聊天喝酒，吃得好不暢快，直到奇怪的劈啪聲在院子中響起，連續不斷的像是跳繩的聲音。

「什麼東西？」謝啓鈞聽著聲響，覺得好笑，「跳繩喔？」

「誰啊？」陳姿雀不爽的放下筷子，從餐廳邊的窗戶可以看見前院，「哪個死小鬼敢進我們家？」

只是看過去，院子裡空無一人。

轉身才要坐回位子，連續的劈啪聲又響起，陳姿雀倏地轉回窗邊，依舊不見人影！她操著滿嘴髒話即刻出去，順手還拿過走廊上的掃把，打人可是他們家的專長！

出了大門，小院裡空蕩蕩的，但地上卻遺留著跳繩！陳姿雀看了更不爽，揮動著掃把往前走一邊罵。

「自己不會在家玩喔？敢隨便進人家玩什麼……什麼年代了還在玩跳繩，不會在家打電動喔！」陳姿雀用腳踢了踢跳繩，這款式舊不拉機的，要買到這種東西還不容易咧！

這裡家家戶戶幾乎都是前方有個防君子的小矮牆或電動橫向鐵門，方便車子進入，旁邊搭配一扇正門，認眞要翻牆絕對翻得過，但一來都是老人在，二來也眞沒什麼值錢物品，三來鄰里大部分都認識，鮮少會有什麼入室盜竊案發生。

主屋都有加鐵捲門，安全本無虞，加上他們家都是凶神惡煞，剛才姐夫停好車，電動門沒關也沒在怕。

但這不代表可以隨便進她家撒野！

「莫名其妙！」陳姿雀拾起跳繩，「我剪了它！敢進我們家玩不打死你就不錯了！」

抓著跳繩轉身進屋，她是眞討厭小孩。

「死小孩喔？」陳永琇在客廳紗門邊張望。

「不怕死的，哼！」陳姿雀隨手把跳繩往茶几上扔，「等等剪斷它。」

陳永琇瞥了眼，忍不住趨前查看，「這跳繩都塑化了，幾十年的東西了……」

爲什麼有點眼熟？她以前好像也買過一條？

「管他，走，回去吃飯！」陳姿雀拉過二姐，打算回廚房去。

但噠噠聲響，卻來自於二樓，奔跑聲清晰到讓所有人錯愕——他們家樓上有人？

「怎麼回事？」謝啓鈞也走了出來，「有人闖進來嗎？」

這足音不只一人，聽起來是一群孩子在上面蹦蹦跳跳的快樂奔跑！

「怎麼會有人不怕死的……」陳姿雀才在說話，客廳牆上掛著的照片突然掉了下來，「呀！」

突然被嚇到的他們忍不住尖叫，但尚未平復，滿牆的照片框突然一個個的脫勾，全數掉下來，接著連電視上、櫃子裡的物品也都全部往地上摔去，一時之間，碎裂聲此起彼落！

這不是地震，因爲屋子並無震動，那模樣姿態，像是有人將那些物品刻意撥倒似的！

客廳三個人僵住了，他們完全無法反應，看著客廳在幾秒鐘內的一片狼藉，根本說不出話……這太邪門了！連完全不信邪的陳永琇也都忍不住開始發抖。

「這……」還沒開口，其他房間跟著開始傳出物品掉落聲！

「哇──」他們掩耳嚇得大吼，這聲音來自四面八方！

每一個房間、甚至是二樓，全都傳來物品落地的聲響，碎裂聲不絕於耳，甚至廚房的碗盤也都一一落地！

「出去！」謝啓鈞慌亂的推開滑軌紗門就要離開，可說時遲那時快，外頭那鐵捲門居然磅的……

崩落了！

聲音之大，力道之響，謝啓鈞還愣在當場，他要是快一秒，只怕就被這落下的鐵捲門砸死了！

「後門！」陳永琇推著丈夫往廚房跑，廚房旁有後門！「媽！」

他們家東西很多，一時還摔不完似的聲響不斷，連在屋外都聽得見！這讓剛走進院子的李政然相當錯愕，他在外面遲疑許久，聽見巨大的聲響衝進來看，就恰巧看見剛掉下來的鐵捲門捲起煙塵！

警備的靠近，卻聽見裡面的尖叫與物品掉落聲……後門！

李政然手擱在槍套上，逕自繞過屋子前往後門，在趕到的一瞬間與拉開門的謝啓鈞差點撞上！

幾秒鐘的恍神，兩個男人四目相對，緊接著是湧起的怒火，讓李政然不假思索的舉起了槍！

「你這人渣！」他大吼著，槍口直指謝啓鈞！

「哇哇哇——」謝啓鈞趕緊高舉雙手，他根本反應不及，這警察是怎樣？

後面急著要逃出的女人們才覺得莫名其妙，陳姿雀都傻了，「李政然！你幹什麼！你爸都不認得了嗎？」

「他不是我父親！」李政然逼退著他們，將所有人逼回屋子裡。

「我不要待在裡面，我要出……」陳永琇尖吼著，卻突然意識到屋內安靜下來了。

咦？她仔細聆聽，屋子裡戛然安靜，沒有腳步聲也沒有東西摔落的聲響，回頭看向妹妹，陳姿雀也一臉驚恐狐疑。

李政然定下神，意外的發現媽……生母竟然出現了。

「警察了不起喔？可以這樣無緣無故闖入民宅還舉槍威脅喔？」陳姿雀反應最快，拿出手機就要反錄影。

李政然即刻收槍，但沒有放回槍套裡，他看見謝啓鈞就滿腔怒火，想起身上每一處傷疤，到現在都會隱隱作痛。

「我是高林美邀請來的……」平復心情，他勉強謅著光明正大的理由，「我聽見尖叫聲，以爲裡面出事，才會舉槍自保。」

「厚……厚厚……」謝啓鈞發出嘲弄的聲音，「阿政喔！哎呀呀，居然變得這麼威風，警察捏！」

眞的看不出來，以前那個乾癟的小子，居然穿上警察的制服就這麼威風凜凜了。

李政然今早接到高林美的電話，提起一家人該聚聚，但他萬萬沒想到居然找了他許久不見的生母與繼父。

留意到廚房滿地的碎碗盤，還有走廊上的亂象，身爲警察的敏銳還是讓他以公事爲先。

「發生什麼事了？」他緊握著槍，凝重的看著一屋亂象。

「……」經他一問，陳姿雀才壓著發抖的手，「剛剛有點邪門……我不會講……」

「樓上好像有人闖入！一堆腳步聲，東西還摔得亂七八糟……」陳永琇掐著手，隨時打算奪門而出。

李政然穩健的往屋內走，視線看著走廊與客廳，正準備往裡走去，卻聞到了令人作噁的氣味……這太熟悉了！他緊張的看向餐桌，差點沒讓他吐出來！

「這什麼！你們……」他即刻掩鼻，「這是旺旺嗎？」

「什麼旺……」陳姿雀聽見失蹤的狗兒名字，再順著眼神看向餐桌時，頓時傻了。

剛剛這一桌「媽媽的菜」，竟然是一盤盤正在腐爛生蛆的肉塊，甚至有幾盤擺著幾天不見的狗頭，蛆蟲爬得滿桌都是，密密麻麻得令人起雞皮疙瘩！

剛剛還在大吃大喝的他們，碗裡的蛆蟲還在蠕動爬行，再再證明了他們剛剛吃的這些是——陳永琇衝到洗手台去，當即吐了出來，謝啓鈞掩著嘴也忍受不住，抱著廚餘桶也大吐特吐。

陳姿雀沒來得及搶位，推開後門的紗門就吐了。

而高林美，找到角落的拐杖，平靜的重新坐回自己的位子，嘴角浮現淡淡的笑容。

李政然驚恐的看著這個即使老去依然有著煞氣的阿嬤，此時此刻在她臉上浮現的笑意，只是讓人從心底發寒……從山裡回來的人，果然都被魔神仔迷惑了！

他緊掩著鼻，空氣中的味道太令人反胃，再待下去連他都要吐了！

「爲什麼會是這種東西!?我們剛剛吃了這些嗎!?」謝啓鈞崩潰的吼著。

「媽?」陳永琇不明所以，回頭看著高林美的背影，「爲什麼！這怎麼回事?」

魔神仔。這三個字在陳姿雀心中浮現，媽是莫名其妙失蹤，又從山裡回來的，她是被魔神仔帶走再送回來的！

「去廟裡……帶媽去廟裡！」陳姿雀回首緊張的嚷嚷，「她被附身了啦！」

高林美卻起了身，望著一個個子女，笑容的弧度更深了。

「時間到了。」她朝著後門走去，「該付出代價囉！」

第十章 入山

在警局過夜睡得並不好，因爲警察們都是通宵達旦的工作，闕擎睡得輾轉難眠，厲心棠也是一夜無眠。

外頭不時傳來案件進度，里長許文慶已經確定是自殺，而童謙富的車禍也證實是自撞，當時路上車子不多，而有目擊車輛的行車紀錄器顯示，他在前方路段曾暫停過一下，接著就開始偏移跟加速。

現場沒有煞車痕，也沒有任何事故痕跡，家屬並沒有任何異議，所以應該會以自撞意外結案。

至於里長太太跟林旺福，他們依舊無法吃下正常食物，目前先打點滴維生，但如果這情況未能獲得改善，他們也只能吃腐肉過活；在醫院的他們昨晚聽說也鬧了一夜，歇斯底里的尖叫著說身上都是蟲，似乎已經進入妄想症的崩潰邊緣，今天即將要轉院。

「早。」闕擎笑看著一臉疲態的厲心棠，「看來妳也沒睡好。」

「警察的工作眞辛苦！外面忙成這樣很難睡！」她只能苦笑，「而且有件事在我腦子裡盤旋不已。」

「嗯？」闕擎一臉洗耳恭聽的模樣。

「我還說不上來，但是……」她不太痛快的看著闕擎，「你覺得小魔需要我們做什麼？」

闞擎一怔，那個魔神仔需要他們做什麼？這問題問得眞好，答案是不知道。

從他找上門開始，理由是因爲被吵到下山，希望他們幫忙找回林伯，終止那敲鑼打鼓的惱人行爲，還山裡魔神仔們一個寧靜——這是他跟厲心棠以爲的，但是找到林伯後，卻是一連串的事件，甚至越來越嚴重。

找回一個林伯，丟了一個高林美，接著里長自殺，同時高林美從山中回來……里長太太跟林伯味覺出狀況，像被詛咒般的吃腐肉才能飽食，還跑到山裡去，出動大批警員尋找，待找到他們時，醫院通知院長過來協助，路上院長卻自撞。

然後每一個人身後，都能扯出疑似猥褻女童的戀童癖事件。

「找林旺福。」他回到起始點，「他只是希望吵鬧停止而已。」

「對！但我們現在還待在神祈鎭，爲什麼？」厲心棠就是爲此心煩，「其他魔神仔並沒有停手，昨天我們也覺得林旺福觸發到了什麼，但小魔要什麼？」

他沒有阻止其他魔神仔的出手，也沒先預告讓他們知道，可以試著救某些人，每一次他們都跟警察一樣，出事後才到現場。

「我並沒有助人的興趣，而且死者也都是變態，沒什麼好同情的，但是——

我懂妳說的。」闕擎神情變凝重起來，「他一直跟著我們，要的是什麼？」

「如果要幫助其他魔神仔，揭發？或參與殺戮？我被那些亡者情緒感染時都很痛恨，我無法確認是誰的情感，因爲都是一票亡者。」厲心棠咬了咬唇，「但單獨跟小魔在一起時，我沒有感受到那種無助或是恨意！」

「他沒動手！」闕擎倒是斬釘截鐵，「他沒沾過血。」

亡魂一旦殺戮過會不同，再怎麼平和無害，磁場能力都會變強，但小魔依然維持那個慘死前的狀況，不至於人畜無害，但並沒有染血的戾氣，就是個被殘殺的孩子。

「所以？」厲心棠皺起眉，「他昨天還在林美嬿家模仿那個芭蕾舞音樂盒，我總覺得他想說什麼……」

「兩位！」門外突然傳來呼喚聲，「起來了吧？要不要吃早餐？」

厲心棠趕緊開門，是劉允治，楊逸祺已經累癱補眠去了，「劉組長早！」

「跟著叫組長啦！」劉允治笑了笑，「我們叫了些豆漿，吃點吧！」

兩人走出房間，警局依然是忙碌一片，但的確輪替過一班。

「請問有找到什麼嗎？」闕擎倒是不浪費時間。

「我們在找林旺福的路徑，既然是從他開始的，背景跟失蹤那天的路都在查……只是他記憶不太清楚，這比較棘手。」劉允治他們對闕擎的話採取信任。

「而且晚上我們避免派人過去，你懂。」

「嗯，保險起見，也是尊重裡面的人。」闕擎深表贊同，「林伯的失蹤後的記憶不重要，關鍵在他被帶走前的路徑跟行爲，大家都說他每天都散步，怎麼就那天出了事？」

「放心，九點等支援到，第一批就是去他記憶中最後的地點勘察。」小鎮人手不夠，他們叫了外援。

取出豆漿的厲心棠還想到一件事，「院長有沒有順便查查？」

劉允治神祕的沉吟，主動拿出兩個水煎包遞給他們。

「兩位要不要先說說看，一個車禍自撞、德高望重的醫院院長，要查他什麼？又能查到什麼呢？」

警局氣氛瞬間靜了下來，一旁在忙碌的人紛紛朝這兒投來目光。

不習慣接受注目禮的闕擎拿了東西立刻躲開，這種閃亮亮的鎂光燈下，適合厲心棠。

她尷尬的笑著，環顧四周，「怎麼大家都這麼專心啊……」

「好歹給個信心，不然我們不需要花這種時間啊！」劉允治一副無所謂的樣子，「昨晚他的屍體狀況，最多能解釋他可能行車時在ＤＩＹ，但——」

厲心棠突然從口袋裡拿出一個透明袋子，那是昨天她跟阿忠討的，裡面黏了一件小女孩的花邊蝴蝶結內褲！確定三百六十度讓所有人看見後，五秒內她收回口袋。

「我在某人的車子撿的，但我碰過了不能當證物。」她堆滿微笑的接過劉允治遞來的水煎包，「在撿的時候你也在那裡呢！」

一陣雷打下來，劉允治瞬間想起厲心棠協助童謙富搬東西到後座時的踉蹌，她突然彎身跌跤，童謙富上前攙扶，李政然還氣急敗壞的衝過去阻擋！

小女孩的內褲，再連結到李政然的背景，劉允治亮了雙眼。

「下次不要亂撿東西，那是難得的證物！」他泛起微笑。

「世上沒有不透風的牆，再聰明謹愼也百密一疏！」她挑了挑眉，「牆再密也有密室嘛！」

警局頓時一陣哄堂大笑，所有人心照不宣，突有幹勁！看來不只要徹查後座，連後車廂每個角落都要查！務必要找到能申請搜查令的證據，劉允治是信心滿滿，因爲撞爛的車前頭內，他們還是找到了完整無損的盒子，跟裡頭的另一支手機。

阿忠是第一批輪休的，現在已滿血回來，向劉允治報告狀況，以及李政然再去高林美家做筆錄的事。

「他又去？」闞擎聽見不尋常，招手叫阿忠過去，「我們昨晚才去過，林美嬿說什麼都不記得！」

阿忠聳了聳肩，「就是問不出來，想說睡一覺起來會不會記得比較清楚啦！」

「欸，李警察不是獨生子對不對？他有姐姐跟妹妹？」厲心棠趁機打探，「姐姐當年應該……不太好，昨天他還帶了一個芭蕾舞音樂盒走！」

「喔，這我知道！妳不是叫我查了嗎？他姐姐大他三歲，很久以前就失蹤了，還是媽媽來報案，屬於失蹤人口！」

「失蹤？」闞擎算著年紀，「李警官幾歲啊？他被領養前失蹤的還是領養後？」

「阿政今年二十五吧，他姐要在都二十八了，是他被領養前就失蹤了，他十一歲時被之前的分局長領養，所以他姐至少失蹤十四年了！」阿忠翻過卷宗，依然是在案的失蹤人口。

厲心棠頓時一怔，「那他妹妹小他幾歲啊？他都被領養十四年了耶……」

闕擎同時詫異的與她對望，這樣妹妹怎麼會還是小學生？

「謝思敏嗎？也是失蹤人口喔！她小阿政兩歲而已！」阿忠扳著手指，「當年家暴事件爆發，社會局要安置前，他們的繼父就報了失蹤，說妹妹可能去找姐姐之類的，總之就是出門後沒回家，所以最後只安置到阿政而已！」

闕擎倒抽一口氣，「這樣在他家等他的妹妹是誰？」

「咦咦？」阿忠更詫異，「他現在跟妹妹一起住嗎？他找到妹妹了？」

下一秒，厲心棠跟闕擎紛紛跳起來，隨便收拾東西就要往外衝！

「他又去了陳家！」厲心棠匆匆跟劉允治說著，兩個人急驚風似的衝出警局。

看著桌上未竟的早餐，劉允治看向阿忠，眼神一瞟：跟上去！

阿忠也沒敢怠慢，嚇破膽的阿牛只敢在白天做事，自然乖乖的跟上前，闕擎照樣騎著阿忠的機車，這幾天走過幾趟，早知道鎮上的路，輕易就來到高林美家。

院前有台陌生的車，阿忠記錄著，厲心棠拼命按電鈴卻沒人回應，由警察帶頭吆喝，一邊進入院子，緊閉的鐵捲門更令人疑心。

「車主是謝啓鈞！」阿牛迅速查到車主，「繼父……就李政然之前的父親。」

厲心棠往車裡望了眼，看見了女生的衣服與高跟鞋，「副駕駛座的是女性。」

「那可能是生母吧，陳永琇。」阿忠站在鐵捲門前，不安的回頭看著闞擎。

他點點頭，逕自上前，拍著鐵捲門，「屋子很乾淨，不必擔心！」

磅磅磅！敲打著鐵捲門依舊沒有得到回應，最後阿忠決定繞到屋後，他們都知道有後門，家家戶戶後院都有門的啊！

「哇啊！」

一從後門進廚房，滿桌蛆蟲已經爬了滿牆滿地都是，桌上的狗頭怵目驚心，阿牛當即就衝出去吐了！厲心棠凝重的掩鼻進入，看了闞擎一眼，昨晚是障眼法嗎？高林美果然被魔神仔迷惑了！

他們隨阿忠到了客廳，一地亂象更令他們咋舌！阿忠緊急聯繫警方，必須派人過來看看！

闞擎抽過衛生紙，小心翼翼的拾起掉落地上的相框照，裡面都是許多帶有黃斑的照片，看起來是高林美一家子，厲心棠有樣學樣，也開始探查，直到她看見一張全家福。

「我的天哪……」厲心棠當下差點滑掉了相框，闞擎連忙湊近接過。

這一瞬間傻了，呆看著照片裡的一家五口。

「欸，你們不要亂碰捏！」阿忠登回來，「喔喔，這就是阿政的生母……繼父，他們全家！」

厲心棠必須用深呼吸才能壓下震驚，「他們姐弟都沒差幾歲。」

「對啊！」

「但是李政然跟我們說，他妹妹現在還是小孩，小學的課業他來教就好……」

闕擎擰緊眉心，「阿忠，我覺得你該帶人去李警官家看看！」

阿忠幾分震驚，不可能的，謝思敏才小他幾歲，怎麼可能是小學生？

雖有遲疑，也不想懷疑同僚，但阿忠還是打電話去請示了劉允治。

厲心棠拿出手電筒，與闕擎再更仔細的查看了照片，兩個人神情轉而嚴肅，將相片擺回去後，疾走而出。

「喂，你們要去哪裡？」阿牛看著他們風也似的衝出後門。

「現在只剩一個地方可以去了！」厲心棠回喊著，「你們先去查李政然家！」

她緊咬著唇，粉拳緊握，現在這股怒火不是哪個鬼影響她的，而是她眞切的不爽！闕擎緊跟在後，有點不解厲心棠突然的雷厲風行。

他們離開高林美家，走到大路上，果不其然，那紅色外套的身影就在前方，彷彿在等待著他們。

「死小鬼，居然利用我們。」厲心棠揚起讚許的微笑，「德古拉昨天說的，魔神仔要有人引進才能進門啊！」

「什麼？」闕擎剎時明白，小魔要什麼了！

他利用他們引了路！

要去找到林旺福那天，他們在小魔的引導下，進了阿好嬸的家問過路；里長太太在筆錄中提過，她記得她在門外遇到一個可憐的女孩，可能是最近逃出來的失蹤女童，所以她帶回家要報警，然後她再醒來時已經在醫院了。

警方並沒有在她家找到所謂的女孩子，她家門口的監視器只拍到她對空氣自言自語，所以這是她自個兒引進去的；而幫院長搬東西也是小魔的示意，厲心棠本來就是熱心助人的個性，所以輕易上鉤，再加上他暗示了車子座位下有東西，從頭到尾她都認為那是小魔想讓她找到那件女孩內褲的梗。

結果這都是協助他們進入的途徑罷了！

為什麼第二個失蹤的高林美一直沒有狀況，因為陳姿雀跟阿好嬸吵了架，所以阿嬤不會再待在阿好嬸家發呆，她被接回家中，但厲心棠他們直到昨天晚上才踏入阿嬷家。

上一次李政然抱林美嬷回家時，他們兩個沒進屋。

「你確定小魔沒沾血？」厲心棠一馬當先走進神祈山，毫不猶豫，看上去怒火中燒，「但是他就是利用我們進入這些空間！醫院、院長的車、高林美的家！」

「我確定，但是我不確定跟著我們的是不是只有他。」闕擎加快腳步上前，一把拉住她，「厲心棠！妳冷靜一點！」

她倏而被拉住，回眸瞬間依然盛怒，「冷靜什麼！我是想幫他，結果他在利用我們！」

「這樣被利用也沒什麼不好，我們沒損失啊！」闕擎緊扣住她的臂膀，「換個角度想，這件事若是沒揭發，還有多少女孩受害？」

厲心棠圓睜雙眼，用力做了個深呼吸。

她懂，也明白其實事情無論是否被揭發，童妓依然會存在，這只是闕擎的暫時慰詞；但這些人背後的確藏有枉死的性命，否則那些亡靈不會這麼怨，也不會痛下殺手。

「我討厭被利用！」她忿忿的說著。

「人的世界本來就是相互利用構成的，鬼不過是人的另一種型態。」闞擎幽幽的說著實話，「魔神仔力量太弱，只能藉由這樣的途徑，也沒什麼不對。」

「山裡的魔神仔都只是孩子，孩子沾了血就是厲鬼，他們根本什麼都不懂——」

「就已經死了。」闞擎淡淡的說著，「妳要想的是，這麼小就已經死了，爲什麼？」

這或許才是小魔的目的，幫助其他的魔神仔，解決讓他們深惡痛絕又恐懼的人。

站在步道上，厲心棠終於靜下心來，她只是覺得自己的一片熱心被利用而氣忿難平！叔叔跟雅姐始終不願意去接觸與鬼相關的事，就是因爲亡靈生前爲人，而人極度複雜且心機深沉，他們完全不想管。

是她覺得既然有能力，爲什麼不多幫人一點？她是人類，就不受「百鬼夜行」的規則管束，可以協助亡者找尋自己生前是怎麼死的，結果她差點被殺，厲鬼沒有是非的濫殺，一切都自私的以自己想法爲準。

接著水鬼朋友希望找到自己當年是淹死的眞相，最後發現是母親下的手，而且還看見了看成績比看孩子命重要的父母……她不否認對這些事情感到失望，但卻不想失去希望，結果這次她直接被利用。

什麼忙都還沒幫到，卻藉由他們給了魔神仔傷人的機會。

小魔知道她在生氣，所以總是隔得老遠，拉開距離三公尺以上，只用那鮮明的紅色外套當作標記。

「你要什麼？」厲心棠衝著他喊叫。

小魔指向了遠方的兩點鐘方向，看來他們勢必要進入山林之中。

「冷靜了嗎？那傢伙會帶我們去的！他們的計畫是一連串的，始作俑者最後才處理。」闕擎沉穩的說著，「李政然的血親們，此時此刻應該也都在山裡面了，最初的地方。」

由林旺福誘發的事件，都是從山林裡開始。

最終厲心棠調整好心情，總算邁開步伐，小魔發現他們跟上後，便持續往前走，一如他們上次去找林伯一般，在某段下坡時離開步道，這次改從右邊坡往下走去，坡度約莫六十度，還不甚陡，但是這幾天山裡都有雨，泥土顯得特別濕滑。

不過有經驗值就是有差，他們兩個這次穿著登山鞋，就是以防萬一！連雨衣、保暖包、乾糧與水都隨身揹著，就怕來場魔神仔大迷路，他們對腐肉一點興趣都沒有！

一路向下坡跑著走，兩個人飛快又踉踉蹌蹌的衝進樹林中，終於踩到平地，連厲心棠這種沒有感應的人都可以感受到在進入密林裡的瞬間，彷彿踏入了另一個世界。

空氣密度、天色都改變了，甚至連氛圍都令人肅然起敬。

前一秒還明亮的天空，後一秒變得黯沉，像是大雨時的黃昏般鬱藍，厲心棠回頭看著剛衝進來的路，也只是三八公尺的路，但現在已經看不到剛剛那個陡坡了。

「好了，我們現在被魔神仔帶著走了！」她重新揹妥背包。

「我們一直是被魔神仔帶著走的！」闕擎話中有話，厲心棠忍不住扔過一記白眼，這傢伙很愛哪壺不開提哪壺耶！

放眼望去，整片樹林、整個世界都是憂鬱的藍色，天色如此深藍，讓綠色的樹葉也顯現不出翠綠；林子裡沒有風，空氣彷彿靜止，所以沒有枝葉亂顫，也聽不到枝椏碰撞……但卻依舊有窸窣聲。

別抬頭看，他們兩個心照不宣，即使眼角餘光會發現一堆影子，總之專注的跟著小魔就是了。

「妳不是好奇我為什麼想管這件事？」闕擎與她肩併著肩走著，倒是輕鬆。

「嗯啊！」她眨了眨眼，有點期待，「你想告訴我了嗎？」

「那個，」他用著開玩笑似的口吻，指向了前方的小魔，「那件外套我也有一件。」

厲心棠緩了腳步，微張嘴的幾分錯愕，「你是在跟我開玩笑嗎？不想說可以不要說的！」

「沒，我說眞的，我有件一模一樣的外套。」他勾了嘴角，「而且我覺得那件是我的。」

咦！厲心棠被嚇住了，戛然止步，闕擎知不知道自己在說什麼！她瞠目結舌的看向前頭回首的小魔，再看向闕擎……

「分靈體嗎？」

「妳小說看太多了。」他手動把她的嘴闔起來，「外套我很久以前弄丟了，所以我在猜那件是不是我的。」

也在猜，是不是因爲這樣，小魔才不是直接去「百鬼夜行」，而是找到他？

厲心棠繼續漫無目的跟著往前走，但腦子裡更亂了，闕擎的介入讓事情變得更複雜，外套爲什麼會是闕擎的？他曾住過神祈鎮？進入過神祈山？小魔死時爲什麼穿著他的外套？

「你以前住在這裡嗎？」她驚覺到地緣關係。

「嗯……怎麼說呢？」闕擎歪了頭像是沉思似的，「這不好說……」

厲心棠沒好氣的扁了嘴，自動翻譯：我不想說。

不說她才不會逼人說呢，她必須專心，因爲實在太多東西在樹後、樹上偷窺了，她下意識抓著闕擎的外套，緊張兮兮的隨時回頭，一雙雙發亮的眼睛讓她不安。

「小魔在，不會對我們怎樣吧？」她喃喃唸著，「他現在要帶我們去找……李政然嗎？」

「或許吧，或是他想守護的那些魔神仔？」闕擎聳了聳肩，他也不清楚。

「李政然應該是跟著阿嬤走吧……如果那是阿嬤的話。」她小心的跳過凸起的樹根，才抬頭，卻撞上了闕擎的背，「噢！」

「噓！」闕擎突然摀住了她的嘴。

紅外套的男孩魔神仔轉過頭，食指擱在唇上比了個噓，然後指指樹，再指指前方。

他們朝著晦暗前方看去，終於看見了手電筒的光源，有好幾道光正在亂晃，但意外的是有個光源是立定架著的大型探照燈，在這片林中刺眼異常。

小魔伏低身子，做出躡手躡腳的模樣，開始帶他們往左方繞行。

「快一點啦！沒吃飯喔！」

遠遠地，傳來了吆喝聲，厲心棠蹙起眉，這聲音她從未聽過。

「不覺得天暗得太快了嗎？」另一個人回答中帶著恐懼，一樣是陌生的聲音。

小魔在一棵樹旁蹲下，他沒有再挪動，直到等著厲心棠與闕擎的到來，他們也與他一起隱藏位置，樹旁有些灌木，可以全然遮去他們的蹤跡。

帽兜下的小手沒有離開過唇，厲心棠索性掩住口鼻，她怕自己因為緊張而呼吸得太大聲，她不像闕擎，不管情況多緊張，他好像都能維持一定頻率的呼吸。

闕擎把她藏在樹叢中間，一雙眼謹慎的打量四周，一點鐘方向的手電筒正在亂晃，有群陌生人不知道在做什麼，但是他在意的是左手邊有幾個疾速奔過的鬼影。

都是孩子，魔神仔。

接著，是伴隨著啪噠聲響的腳步聲，那是因為鞋底濕黏，踩上泥土的黏膩聲，而那悶頓的聲音，來自於拐杖。

高林美一拐一拐的走在最前方，她身後跟著陳姿雀、一對男女，最後面是李政然，他們整齊的排成一直列，朝著前方走去……再走下去，會遇上手電筒群的！

咦？聽見足音的厲心棠也扭頭向左看去，赫見熟悉的人時，吃驚的抬頭看向闕擎。

噓。他淡淡的比劃，小魔說噤聲，他們就該噤聲。

高林美的隊伍橫向距離他們有兩公尺遠，林間黑暗，別說他們現在雙眼無神了，就算清醒也很難留意到他們……在李政然的身後，還尾隨了許多黑色模糊的影子……中間那女人的肩上，甚至坐著一個小孩。

生母嗎？待他們掠過他們後，闕擎引頸想看仔細，發現謝啓鈞身上纏著更多的孩子，那應該就是李政然的繼父了！嚴格說起來，除了李政然外，許多小鬼都已經纏上了他們家其他人。

這不表示李政然的光明磊落，只能說警徽保護著他。

待在這裡嗎？厲心棠心急的拉拉他，指指原地。

慘白的臉突然以仰躺姿態，躺在厲心棠曲起的膝蓋上，小魔仰著頭瞪大雙眼，繼續比著噓。

低首的厲心棠頭一次這麼清楚的看見小魔，倏地一伸手，抓住了他的紅外套……另一隻手，再度拽了闕擎。

小魔不快的想掙脫她的箝制，但厲心棠卻吃驚的看著那個並不完整的臉蛋。

看見了嗎？她朝闕擎挑眉。

是啊，闕擎微微一笑，在高林美家時就看見了，那張掉下來的全家福照片中，站在陳永琇前面的男孩，與小魔長得一模一樣。

所以，那個男孩是李政然。

只是如果小魔是李政然的話——現在穿著制服的那傢伙又是誰!?

「幹！誰——」

驀地一陣驚呼，在林子裡傳出了迴音，闕擎連忙壓著厲心棠的頭再伏低身子，居然有槍！

槍響驚林，但卻沒有驚鳥飛出，天空反而是傳來烏鴉帶著詭異的叫聲，飛入了林中。

這聲響驚醒了所有人，陳永琇姐妹與謝啓鈞如夢初醒般震顫身子，迷糊不已的發現自己身在低溫的樹林裡，完全困惑不明究理，而殿後的李政然也緊張的環顧四周，慌亂的不知道自己爲什麼會在這裡！

剛剛那是……槍聲！等等？是槍！

「誰在那裡？」手電筒的光照了過來，李政然第一時間直覺反應的滾地，朝就近的樹後隱藏！

「哇！」才清醒的陳姿雀根本搞不清楚，用手遮掩強光，身邊的陳永琇則別開視線的想躲藏！

「等等！等一下……我們爲什麼在這裡？」謝啓鈞雙手高舉，卻赫然發現自己手裡舉著鐵鍬！

在強光下，走來魁梧的男人，他手裡舉著槍，錯愕的看著站在最前方的……老太婆，還有後面的男男女女。

「你們是誰？幹什麼？」他粗嘎的吼著。

「囟三小啦！」陳永琇突然向前，「你是午仔吧！」

午仔一怔，定神一瞧，「琇姐？妳什麼時候回來的？妳不是離開很久了？」

午仔？謝啓鈞這下鬆了口氣，午仔是十幾年前的朋友，什麼生意都做！

「我不知道！我連爲什麼我在這裡都不知道……」陳永琇沒辦法反應，此時看到了站在前方的高林美，「媽……我們不是在家裡嗎？」

記憶迅速湧現，一桌香味四溢的菜餚、跳繩、屋內的東西落下，然後那滿桌的菜餚卻變成滿滿生蛆的腐肉，而且還是他們家狗的！

「嘔——」陳姿雀最先憶起，開始乾嘔，「幹！幹幹幹！」

午仔嚇了一跳，他不明白這怎麼回事，「有病啊你們，你們爲什麼知道這裡？來這裡幹嘛？」

陳永琇反胃湧上，伸手示意他先不要說話，姐妹倆又吐了一輪，這讓午仔連連退後，琇姐出現在這裡不合理啊！

「怎麼回事？」夥伴問著。

「沒事！熟人，以前那個琇姐！」午仔回應著，「就有兩個極品女兒的那個！」

「喔喔！小天鵝啊！」

小天鵝。

躲起來的李政然聽見這個稱呼，腦袋一片空白，眼前光線幽暗的樹林裡，彷彿出現了雪白的身影，那個穿著白色紗質小禮服的姐姐，正在林間跳著舞，開心的轉著圈圈，朝著他靠近。

『好不好看？阿政？』

他燦爛的笑了起來，用力點著頭，『好漂亮喔！姐姐！像白雪公主！』

『我才不要當白雪，我要當奧爾特公主！』她擺了一個其實不標準的芭蕾舞姿勢。

然後繼父喊著她的名字，家裡來了客人，是一個叫午仔的男人，要帶著姐姐出門……那天回來的姐姐渾身是傷，她失去了所有光彩，她終究成爲不了奧爾特公主。

連白雪公主都沒有辦法。

「琇姐？那兩個寶貝都失蹤後妳搖錢樹就沒啦……靠妖，是吃壞肚子喔，吐成這樣！」另一個大漢過來，看見他們三個趴在地上吐，覺得噁心，「啊還有個老太婆是……不過這是美姨吧！」

「不要再提她們的事了！」陳永琇踉蹌起身，衝到高林美面前，「媽！妳瘋了嗎？妳爲什麼煮那種菜給我們吃？」

高林美緩緩轉過頭，「因爲你們只能吃那種菜啊，人餓就是要吃飯的……」她拿著手上的拐杖敲了敲，「這裡有很多食物喔！」

「在說什麼啊！幹！」陳姿雀抹了抹嘴，「我們爲什麼在這裡……你們又是在——」

逼近的她，突然看見了不遠處正在挖坑的人們，還有地上那幾個麻布袋……孩子大小的袋子。

「那什麼臉？裝什麼傻！」午仔笑著，「我們明人不說暗話，妳們那兩個小公主才不是失蹤，是被哪個客人玩殘了，收拾了嗎？」

陳永琇緊張的嚥了口口水，「我不知道你在說什麼啦！阿雀，扶著媽，我們回去！」

「欸，回什麼去！」午仔舉起槍，「都來了不幫個忙嗎？謝哥不是帶了鐵鍬來？」

「什麼？」陳永琇倏地回頭，竟見謝啓鈞在他們身後開始挖土，「謝啓鈞！你在做什麼！住手！」

她衝上前阻止謝啓鈞，但突然發現她丈夫兩眼無神，只是不停的挖掘。

「姐夫在挖什麼啊……午仔，這片地不是你們地盤吧？」陳姿雀反應很快，試探著午仔。

但餘音未落，後面幾個人即刻上前，不客氣的推開陳姿雀她們姐妹，抽過了謝啓鈞手上的鐵鍬！

「你們是來找麻煩的嗎？我們埋你們挖？」午仔咆哮著，「外面事情鬧這麼大，我們就求一個平安度過，同一條船上的人有必要相害嗎？」

但謝啓鈞卻彷彿聽不到一樣，跪在地上，開始用手刨土，就是要挖。

在他們爭吵時，李政然早已利用天色，巧妙的朝著探照燈處移動，他要看看午仔那群人在做什麼……他其實不曾忘記這些人，以前午仔他們常來，生母都將姐姐打扮後交由午仔帶走，一個有管道，一個有人，完美的合作。

姐姐什麼都沒說，每天打扮得像公主一樣也沒有光采，回來時常常衣服都被撕開，身上的髮飾或襪子亦不存在，她只是哭，什麼都不敢說，只是用笑也不是、哭也不是的神情告訴他們，她這輩子都不會是公主了。

有件事他還沒跟任何人提，姐姐的生日，正是六月十七。

許文慶跟童謙富那些人渣，還敢用姐姐的生日當密碼？每次姐姐生日當天，她獲得一堆禮物跟錢的代價都要讓她躺在床上一週下不了床！

李政然在前面移動，闕擎跟厲心棠也小心翼翼的靠近，對方有槍，他們可不傻，最好保持距離，讓警察在前面爲宜。

「叫你不要挖！你挖什麼啊！」大漢開始揍謝啓鈞，可是似乎沒效，他還是想要刨出什麼。

陳永琇看了只覺得毛骨悚然，回頭看向母親。

「媽……妳到底是怎麼了？妳把啓鈞怎麼了嗎？」她搖晃著高林美，一切問題都出在母親身上！

「不想……見妳女兒嗎？」高林美幽幽的望著陳永琇，突然笑著說，「好久沒看見希希了吧？」

希希，李政然緊握著拳，是姐姐！

陳永琇打了個寒顫，「妳在說……」

她瞬間嚇到似的回頭，向四周張望，「不會……等等，我認不得！當初不是我動手的！是——」

是謝啓鈞。

百鬼夜行
第十一章
真正的魔神仔

她詫異的看著橫豎想挖開地底的謝啓鈞，當初是他埋的屍體……只有他知道位子。

「希希眞死了嗎？」陳姿雀絞著雙手，該死！這裡該不會就是埋著希希的地方吧？

「不！她只是失蹤！那個小婊子跟人跑了！」陳永琇咬著牙，「謝啓鈞！不要挖了！你要挖什麼啊！」

「希希很冷，她想回家呢！」謝啓鈞傻笑著看著她，「希希在這裡……」

哼，午仔笑著，突然把鐵鍬扔回謝啓鈞面前，「挖你們家自己的，但不要挖到我們這裡的啊！」

陳姿雀正慌張的留意四周，大漢們正在挖的土坑邊，布袋好像動了一下，「……喂，袋子在動耶！」

一旁挖坑的男人聞聲瞥了眼，突地高舉起鐵鍬，狠狠的打向布袋，袋子裡的人抽動一下，連叫聲都聽不見的虛弱。

陳姿雀愣住了，嚇得閉嘴，她不想裡面的人被活埋，但也不希望她們被打死啊！

「半死不活的，都打了藥，放心，沒什麼痛苦的。」午仔涼涼的說，「通通都得處理掉，沒辦法！枉費這麼好的貨！都是許文慶啦幹！」

是人！厲心棠緊緊握著闕擎的手，他們現在要埋的是女孩嗎？那些被交易的女孩？

他們不能見死不救吧？可是……他們兩個什麼武器也沒有，能怎麼救？

「通通不許動！」唰，李政然突然竄了出來，他人已經在挖坑大漢的身邊了，「警察！」

「幹！」午仔嚇得大喝一聲，手未離槍的他即刻朝著李政然的方向開槍！

李政然藉由地形火速閃躲，同時朝午仔的腳開槍，槍聲在樹林間傳出的迴音甚大，厲心棠掩著雙耳，但她還是有聽見在槍聲中的笑聲。

嘻嘻嘻……哈哈哈哈……

砰、砰——砰——槍聲接二連三，過了四發、五發，闕擎計算著子彈數量，有必要開那麼多槍嗎？

「等等！我不知道，我只是被叫來挖——」磅！又一聲槍響打斷了求饒聲。

男人腦子開花，向後倒入了自己剛挖好的土坑裡。

陳家姐妹全蹲著身子嚇得半死，從頭到尾站得最正的只有她們那個媽，等到迴音消失，他們看見的卻是橫倒一地的屍體，還有一個在爬行的男人，午仔。

「什麼警察……你不能這樣開槍！你這叫濫殺！」午仔大吼著，腳受傷的他只能吃力的爬向陳姿雀。

陳永琇緩緩看向在大型探照燈前的身影，李政然喘著氣，他臉上身上都是近距離開槍飛濺的血跡，怒目瞪視著所有，然後收起了槍。

卻撿起了身旁的鐵鍬。

「住手！阿政！你不要亂來！」陳永琇趕緊喊，「你現在是警察咧！你不能這樣亂殺人！」

「姐姐死了！誰殺的！誰——」他怒不可遏的衝過來，鐵鍬直挺挺的朝午仔腿上的傷口插下去。

「哇啊——啊——不是我！不關我的事！」午仔哀嚎，「我只負責帶她去交易，你問琇姐！」

「我？你還敢問我！你給我女兒用什麼藥？」陳永琇尖吼回應，「那天她回來就神智不清，吐得亂七八糟，我讓她睡一會兒就死了！」

「誰叫她不聽話！我照平常那樣用藥，我沒多給啊！」午仔向後仰著頭向陳永琇澄清，「妳給藥才誇張吧！不要推到我身上！」

李政然二話不說，一鐵鍬朝午仔頭拍下去！

午仔根本反應不及，手都來不及舉，李政然狠狠的一下又一下，拼了命的砸，直到砸爛那顆頭爲止！

跪趴在地的陳家姐妹完全傻了，看著發狂的李政然，簡直不敢相信那是阿政……那個小時候會被打到尿褲子的男孩！那個每次護著姐姐就被踹翻的沒用男孩！

鐵鍬拍爛頭顱的聲音，在寂靜的林中一清二楚，厲心棠背脊發涼的看向闕擎……李政然怎麼會這樣狠？爲什麼會大開殺戒？

拍碎了頭顱，砸到無處可砸時，李政然方才收手，他緩緩抬頭，凶惡的眼神殺氣騰騰的，瞪向了陳家姐妹。

「啊啊……」陳姿雀忍不住掩嘴，那凶惡殘忍的神態，太像了……她從小也是這樣被揍到大的！

那是老爸的眼神啊！

「你們殺了姐姐，毀了妹妹，又想殺我，都以爲我不記得嗎？」李政然緊握著鐵鍬站起身，咬牙切齒，「身在你們家，根本就是地獄！」

他衝上前，陳永琇嚇得尖叫退後，然而李政然卻倏地左拐，一鐵鍬掃向了還在挖洞的謝啓鈞！

鮮血濺出，謝啓鈞登聲倒地！

「住手！」厲心棠突然竄了出去，闕擎嚇得回首，整個人都呆住了！

她出去做什麼啊!?

李政然聽見來自背後的聲音，回頭不可思議的看向厲心棠，「爲什麼妳在這裡……妳也是一夥的？」

「不是！我是被魔神仔帶來的！」厲心棠說得義正詞嚴，人已經衝到前面去了，「你在做什麼！你不能亂殺人……我們應該要報案！」

她邊說一邊心驚膽顫的看著一地的血腥，好幾個大漢都是被一槍爆頭，而她左腳邊那個像爛西瓜的，應該就是午仔了……天哪！

「我就是警察！我來保護大家！這些人不配爲人父母，他們把我姐跟我妹推出去給那些戀童癖交易！用她們賺來的錢、還害死她們！」李政然咬牙切齒，「妳一看就知道是被寵大的，妳根本什麼都不懂，活在地獄是什麼生活！」

「對！我不懂，但我知道你那個分局長父親，應該不希望你用警槍濫殺人，這些人就算有罪，也要用法律去制裁，你這樣私刑，跟他們有什麼兩樣！」厲心棠眞正勇氣十足，「就算是妖魔，也有法要遵循！」

唉，闕擎嘆了口氣，「百鬼夜行」的教育實在是太好了。

「廢話！這都是冠冕堂皇的廢話，法律沒有救我，我們被打，我姐妹被那些變態蹂躪時，法律在哪裡？誰也沒有幫助到我們！」李政然盛怒的咆哮，「只有我們可以保護我自己、只有我可以保護妹妹，這些人存在一日，我們誰都無法平安！」

「是嗎？」闕擎總算也站了起身，「李警官，聊聊你是怎麼保護你妹妹的？」

陳姿雀瑟瑟顫抖，悄悄的握住姐姐的手……敏敏還活著嗎？

陳永琇驚恐的看向她，緩緩搖頭，她眞不知道。

李政然一點都不意外闕擎的出現，他們兩個總是在一起。

「我拼盡全力保護著她，我不只保住自己的命，也護住了她！」李政然忿恨的瞪向滿頭是血，倒地的謝啓鈞，「那天他帶我進山要殺我，我推倒後就帶著敏敏一起跑了！」

……陳永琇一怔，「什麼？誰要殺了你？」

李政然突地移動位置，警備朝土坑方向後退，好讓自己成爲V字型的尖端，左手邊是厲心棠與闕擎，右手邊那些站不起來的血緣者，背後是探照燈、坑與一地屍體便不必怕。

「是妳親愛的老公，說要載我們去買東西時，打算把我殺了。」李政然冷冷笑著，「省學費跟生活費對吧？」

那天繼父對他特別的好，好到他眞心想吐，還說要帶他跟妹妹去吃冰，遍體鱗傷的他怎麼會相信那種鬼話？他偷了把螺絲起子藏在褲管裡……結果，他載他們上山，說要先帶他們去一個祕密地方玩。

然後伸手掐住他的頸子，要解決掉他。

他不想負擔這個別人的孩子，他只要留下會賺錢的女孩子就好了！

「不不……不！我沒資格當母親，但我不會殺掉自己的孩子！」陳永琇尖叫著，「他說是你攻擊他，然後跑了！」

「是，我是攻擊他，因爲我不反抗我就會死，我可能就埋在這裡面，變成其中一個魔神仔了！」李政然發狂的怒吼，「我拿螺絲起子刺了他，抓起敏敏就跑。」

闕擎小心的趨前，才跨出一步，李政然立即轉動鐵鍬的方向瞪著他。

很好，闕擎淺笑著，他也鎖著李政然的雙眼。

「再說一次，你是怎麼帶走你妹妹的？」他的聲音有點遠，「你們在樹林裡奔跑，你抓著她的手嗎？」

李政然看進闕擎那深黑色的雙眼裡，自己彷彿瞬間回到了那一天……

『啊！』他痛苦掙扎的拿起螺絲起子刺進了繼父的手臂裡，頸子得到鬆開後，他滾動身子，慌亂恐慌的站起，衝向站在一旁呆站著的敏敏。

『跟哥哥走！』他握住妹妹的手，兩個人一直跑一直跑。

他們沒命的狂奔，整片林子裡黑暗又沒有路，他們摔得渾身是傷，但還是拼命的跑，不知道方向，但只要能逃離地獄，去哪裡都沒關係。

他們邊跑邊哭，甚至不知道這是開心的淚水還是悲傷的淚水。

『回頭看看好嗎？』天空中，傳來一個奇怪的聲音。

小小的李政然回首，他右手牽著的卻是空氣……他嚇得停下了腳步，手上那個妹妹怎麼不見了？

「不——敏敏！」李政然像驚醒般的倉皇，第一反應卻是直豎鐵鍬掃向闕擎，但他早就退後數步，順利閃過這一擊。

天哪！厲心棠嚇得上前抓住闕擎，再向後扯了好幾步！

「你冷靜點！」厲心棠不爽的喊著，「小魔！你出來！」

唰啦！從高高的樹上驟然落下一個紅色的身影，就站在闕擎與李政然之間。

紅色連帽外套的魔神仔雙手穩穩的插在口袋裡，照樣一隻腳穿著破爛的鞋，另一隻赤著的腳腐爛見骨，帽兜遮住了臉，看不清全貌。

陳家姐妹趁機又後退爬了幾步……那個孩子是魔神仔嗎？

「……魔神仔？」李政然衝口而出。

「告訴他，你叫什麼名字？」厲心棠讓小魔開口。

魔神仔把手拿出口袋，上頭更傷痕累累，他終於脫下了帽兜，露出頭破血流的頭骨。

李政然詫異的看著眼前的魔神仔，那張臉……是他？

只看半側面，陳永琇瞬間也認出了那模樣，「那是阿政小時候的臉啊！」

「不，我是敏敏，哥哥。」

阿忠謹慎的來到李政然生父的老屋外，輕輕的敲了敲門。

「警察！」

阿牛與他分站門的兩邊，防止裡頭有人衝出，儘管這時候屋內應該是沒有人，因爲阿政說他要去林美嬿那邊。

阿牛被叫來時相當遲疑，在沒有搜查令的情況下，卻到同事家裡，還打算破門而入？

阿忠在一分鐘前也是這麼想的，但是一站到門口時，就改變了想法。

「你聞到了嗎？」阿忠凝重的問著，這隱約的臭味，從阿政家傳出來的！靠近就能聞到，這氣味是再努力掩蓋都難以掩飾的……而且，他們都聞過類似的味道！但這間老屋兩旁都沒有住戶，阿政住的很偏僻，這也是爲什麼他生母放棄這兒的原因啊！

阿牛點了點頭，兩個人做好防護，舉起槍，一、二、三——磅！他們踹開了門。

「警察！」阿忠大喝一聲，槍直指前方的進入屋內。

阿牛墊後，兩個人默契十足的進入探查，餐廳、廚房、客廳，CLEAR的聲音此起彼落。

「我上二樓！」阿牛覺得家裡沒人，小心翼翼的往樓上去。

一樓的阿忠推開關著的浴室門，刺鼻的味道瞬間衝了出來！

「有傷者！叫救護車！」

一名女孩躺在浴室裡，她的四肢均上著手鐐腳銬！阿忠立即進入浴室，女孩頭上還有著可怕的手指印，青紫一片。

伸手觸及，女孩全身冰冷，阿忠內心沉了下去。

手指往上，必須先探知她的脈搏——「啊……」

女孩突然呼出了口氣，痛苦的皺起眉，開始劇烈咳嗽，「咳咳咳——咳咳咳！」

「活著！活著！」阿忠喜出望外的大叫著，「妹妹！我是警察，我們來救妳了！不要怕！」

女孩虛弱的睜眼，她先是恐懼的想縮起身子，即使看著阿忠也沒有鬆懈，只是她沒力氣閃躲！阿忠趕緊抽過一旁的浴巾為她蓋上，已經冬天了，她穿得太單薄！

「我現在還不能移動妳，妳等等，救護車馬上就到了！」阿忠緊張的安撫她，「沒事了沒事了！妳獲救了！」

欣喜之餘，阿忠卻感到可怕……為什麼阿政家會有被囚禁的女孩？

「阿忠！樓上沒人！」阿牛跑了下來，「可是上面不對勁，有一堆女孩的衣服跟學校制服！」

阿忠登時發寒，看向奄奄一息的女孩，「妳叫什麼名字？」

女孩渾身不住的發抖，不知是恐懼或是頸間的傷讓她說不出口，而且她必須小心謹慎，因為眼前這個人，也穿著跟哥哥一樣的警察制服啊！

阿牛出去使用無線電聯繫，對向也有人正在回報，而由遠而近終於傳來救護車的聲音！

一直到車子停到了門口，停止鳴笛的這一刻，女孩才哭了起來。

「嗚……嗚……哇啊啊啊！」她哭得既委屈又痛苦，身子跟著抽搐顫動，聲音虛弱卻悲傷，這一刻，她才明白自己眞正獲救了！

「別哭！別哭！」阿忠焦急的探視，女孩虛弱的舉起右手，阿忠不假思索的握住她的手，「妳得救了！眞的！」

醫護人員抬著擔架進來，女孩痛哭失聲，她滿臉淚痕的看著阿忠，努力的擠出話語，但細微得難以聽見。

「警官，麻煩讓讓。」浴室空間不足，阿忠只得暫時鬆手讓了個位置。

幾秒鐘後，女孩被抬上了擔架，幾個醫護皺著眉，看著這陳舊的浴室，角落帶褐黃的痕跡，這氣味很不妙。

「救……救救她們……」她用盡氣力的出聲，阿忠連忙湊上。

「什麼？」

「救救……她們……」她打顫著，眼神卻看向阿忠的後方。

他回首，後面只有浴室。

女孩的手握著拳，露出食指，準確的再度指向了浴室。

她‧們。

她用力的用嘴型做出這兩個字。

「好！我會！」在送她上救護車後，阿忠肯定的回應她。

被叫來支援的警察們入屋內蒐證，人人都在阿政竟擄人囚禁的震驚之中，阿忠站在浴室門口，沉澱心神。

「阿忠，」阿牛也很難接受，「看到幾個制服上面的名字，與失蹤人口的女孩名字學校都吻合。」

「找來幾個人，這間浴室有問題！」阿忠突然發號施令，「不管是暗格或是假牆，都給我拆掉！」

咦！阿牛震驚不已，但他們都很快的拍照、錄影，然後搬出工具，開始試著找尋這間浴室可能有的隔間，可是每一面牆都是水泥，跟許文慶家不一樣，並沒有任何空心之處啊！

「地板！」劉允治朗聲走進，「靠！這味道……我剛從外面看，這間屋子的地面增高，浴室下方被外面的造景遮擋住，下方可能有空間！」

敲敲地板，果然發出不同的聲響，最後他們在蓮蓬頭下方的牆角，找到了縫隙。

「注意不許用水，不許抹掉跡證！」劉允治大喊著。

一群警察合力用鐵勾，終於勾起了一塊活板門！

「噢——」活板門打開的瞬間，恐怖刺鼻的腐臭味直衝而出，讓每個人都掩鼻閃躲。

劉允治一馬當先上前，手電筒往底下照去。

一具具橫七豎八的女孩屍體層層相疊，塞在下方那小小的方格內。

全是近年來失蹤的女孩。

那紅外套的魔神仔，謝思敏，站在李政然面前，她凹陷的右半邊腦殼顯得怵目驚心，直直的望著她的哥哥。

「……敏敏？不！不是！」李政然有點混亂，「你不是，你是男孩。」

謝思敏點點頭，伸手做出個撥頭髮的姿勢，一頭烏黑長髮瞬間出現，臉蛋也成了女孩子的模樣，但身上的傷與致命處並未有任何改變。

「啊啊啊……」陳永琇這下認清楚了，「是敏敏！對！是……」

是啊，是敏敏。陳姿雀喉頭一緊，看她的年紀……她早就死了啊！

「敏敏在我家！」李政然自顧自的吼著，「我帶她逃出了森林，我們逃出了地獄，她跟著我生活，現在是由我保護著她！」

「是嗎？她全身傷痕累累，看上去也才八、九歲，頸子被掐過，頭骨都碎裂了。」厲心棠冷靜的與之對答，「我們也查過了，老分局長當初收養的孩子只有你一個，那時謝思敏已經失蹤了。」

「沒有！我妹在我家等我！」李政然不爽的瞪向厲心棠，眼神極其凶狠，「她本來今天要跟我一起出門的，她怕男人，她不敢出門，我答應她……」

是啊，他答應了她，然後呢？

「我不確定那是你的幻覺，還是你真的去哪裡找到年紀相仿的女孩，當作你妹妹。」闕擎婉轉的表示，「畢竟這一陣子失蹤的女孩，年紀都差不多八、九歲，案件還是你負責的，記得嗎？」

近年來不停的有女孩失蹤，這兩年來，附近失蹤的女孩更是激增。

「在那裡！是他們幹的！」李政然突然看向被棄屍在布袋裡的女孩，「他們抓了女孩去從事性交易，一旦東窗事發就埋掉她們！」

「謝思敏小你兩歲，今年應該二十三，不是八、九歲。」厲心棠溫柔的提醒，「你家的妹妹，還在上小學嗎？」

敏敏小他兩歲……不是啊，敏敏一直是這樣小小的，可愛的，李政然望著眼前的魔神仔，可這的確是敏敏的臉啊！

他突然跪了下來，伸出手撫摸著蒼白的謝思敏，她右邊凹陷的頭骨，裡頭都看得見腦部與骨頭碎片的鑲嵌，身上的傷歷歷在目，這些他都記得……那是客人弄傷的，腳底板則是媽媽拿熨斗燙的，但右腳上面的肉是怎麼削去的？

「我想變得跟哥哥一樣堅強，就不會有人欺負我了。」小魔……謝思敏輕聲的說，所以她才會以男孩的樣子成為魔神仔。

「妳不是跟哥哥在一起嗎？我緊緊牽著妳啊！」李政然憐惜的看著謝思敏，他依舊不明白發生什麼事，「我是眞的牽著妳的！」

謝思敏望著李政然，卻比他冷靜許多，「敏敏也沒有鬆手喔！眞的沒有！」

「那為什麼會這樣？我們不是一直在一起嗎？」李政然哭著，他心好痛，他應該要保護妹妹的啊！可是現在的敏敏看起來為什麼這麼淒慘？

厲心棠悄悄瞄向一旁的陳姿雀，手擱在背後示意她們小心的……走啊！

「因為，敏敏後來惹哥哥生氣了。」女孩笑了，淚水跟著滑落，那殘肉髖骨的小手捧起了李政然的臉，「我餓了，哥哥。」

啊……厲心棠在這剎那，終於感受到了小魔的情緒與感情！

還有當年的一切！

她被哥哥拉著狂奔，或著說是被拖著跑，她嚇到了、也趕不上哥哥的速度，腳被樹根絆倒，削掉了一塊肉，但哥哥也沒注意，拉起她就是繼續拖，她哭喊著跑不動時，哥哥就揹起她。

他們不知道跑了多久，完全沒有方向感，而謝思敏痛到哀嚎，她又冷又餓又疼。

李政然這才放下她，抓起石頭或樹枝警戒著，深怕繼父會從哪個地方出現，絲毫沒有看見敏敏右腳上的傷口。

『妳不要再哭了！噓！』小哥哥又急又氣的用氣音喊著，『妳再哭，那男人聽到了會追過來的！』

『我好痛！我的腳好痛，手也好痛！』小思敏哭得泣不成聲。

『怎麼了？磨破腳了嗎？這點痛算得了什麼，妳不是說客人用得更痛嗎？這有妳被打時痛嗎？』小哥哥斥責著她。

結果，小思敏用力點了頭！皮肉傷都是疼，但她現在是腳被削掉了一塊肉啊！

『痛！好痛……而且我好餓好冷！』她痛哭失聲，『我要回家……嗚嗚，我要回家！』

回家兩個字，刺耳得令小哥哥瞬間理智線斷裂，回身就打了小思敏一巴掌。

『妳敢說要回家！我爲了讓我們逃出來冒了多大的危險，妳現在說妳要回家？』小哥哥拉著小思敏的領口吼著，『我刺了那個男人了，要是被抓到，我們會死的很慘的！妳居然想回家！』

沒見過這般凶惡的哥哥，才八歲的女孩更加害怕了。

『哇——我要回家！哥哥好凶！我要回家！』她歇斯底里的哭喊著，林中都是她的哭聲，『我討厭你！我討厭哥哥！』

『閉嘴！』小哥哥怒火中燒，用力摀住了妹妹的嘴，『妳想跟姐姐一樣消失嗎？哥哥是在保護妳！』

『唔唔唔唔——』小思敏更瘋狂的掙扎著，張嘴用力咬了小哥哥的手，『呀——媽媽！媽咪——』

小思敏推開了哥哥，掙扎的要離開，但小哥哥完全無法接受這種背叛，他怒吼著抓過了妹妹，死死掐住她的頸子不讓她喊，可小思敏求生意志強烈的踢打哥哥……然後，小哥哥自己也不知道怎麼地，右手握住了一旁的石頭，便砸了下去。

他忘記手中的人是誰，他只記得怒極攻心的情緒，他不許背叛、不允許傷害，這樣的妹妹，一定要受點教訓！

他自己不知道，儘管每天都遭受著慘無人道的家暴，但他卻也在不知不覺間，完全複製了這樣的行爲模式。

鮮血噴濺他的臉，他卻毫無所感，眼神狂暴的就是要妹妹閉嘴，一直到世界安靜時，他才停手……然後，躺在地上的，正是現在眼前這個右邊頭骨凹裂的女孩，他的妹妹，謝思敏。

怒火頓散，恢復神智的小哥哥看著自己滿手的鮮血，卻無法接受這樣的事實……他慌亂的看著不動的妹妹，告訴自己她只是睡著了，但地上太涼，所以他在附近胡亂的翻找，卻讓他撿到了一件紅色外套。

他將運動外套蓋上妹妹的身子，自言自語的說他去找人，要妹妹乖乖的……然後他扔下了妹妹，繼續沒命的逃，在山裡度過了五天飢寒交迫的日子，最終在溪床邊被李分局長尋獲。

醒來之後，他拒絕接受是他將妹妹活活打死的事實，認定謝思敏自始至終都跟著他，而且他將妹妹藏得很好，連養父也不知道，因爲妹妹怕男人，所以只能由他這個哥哥保護她。

只要哥哥保護著她就好。

但謝思敏就在這座山的某個角落，曝屍荒野，任其腐敗，被野獸啃蝕分屍……最終成爲了魔神仔。

厲心棠讀取一切後狠狠倒抽一口氣，仰著身子，差點就下腰倒去，闞擎穩穩的抱著她的腰，直到她的眼神恢復理智，驚恐的看向了闞擎。

「天哪……他……」後面的話，她機智的沒說出聲：殺死了妹妹。是他親手打死了謝思敏！

闞擎緩速闔眼，那代表他懂了。

「小魔想救的，應該是哥哥吧。」闞擎扶穩厲心棠，卻同時偕同她再後退，「她希望把你救出這個暴力的循環。」

讓一切到此爲止，不要再去戕害其他人了。

謝思敏點了點頭，溫柔的看著哥哥。

「呵……呵呵……」淚水湧出李政然的眼眶，他痛哭、同時卻也笑著看向謝思敏，「是這樣嗎？是哥哥害了妳……」

「沒有！」謝思敏趨前抱住了他，「敏敏最喜歡哥哥了！是敏敏不好，對不起！」

「所以，放下好嗎？」謝思敏痛苦地閉上眼，她希望哥哥可以想起來，她已經死了，他不要再一直抓走那些女孩，把她們當作是她了！

「但是敏敏，哥哥不想醒來。」李政然突然瘋狂的笑了起來，「我從來沒有說我要醒來——」

伴隨著咆哮聲，他倏地跳起來，朝著厲心棠就是一槍！

這時的他們早已跑到了一棵大樹旁，及時躲到樹後，聽子彈打在樹幹上，驚心動魄！

「太扯了！」闕擎握著身上的護身符，「我準備了不少符咒來耶！結果叫我擋槍？」

「哥哥！」魔神仔尖銳的聲音哭喊著，同時四面八方開始湧來了無數魔神仔！

但是，誰都近不了身！

子彈終於射盡，李政然則抄起鐵鍬，衝向剛坐起身還迷迷糊糊的謝啓鈞。

「咦？我……」他茫然的看向衝來的李政然，什麼都沒看清楚，再被鐵鍬橫掃在地。

然後李政然踩住他的身體，高舉起鐵鍬，一下接著一下的斬斷他的頸子！

踹開了頭顱，向左一瞪，看見了那不見邊際的樹林中，正在逃跑的陳家姐妹！

看見李政然急起直追，厲心棠伏低身子躲閃著有些不解，「陳姿雀她們按原路跑回去還一直線喔？」這麼多樹可以繞一下，這目標太明顯了吧！

「這智商誰都無能爲力，命。」闕擎聳肩，各人造化吧！

「瘋了你！李政然！」陳永琇她們跑得太慢，眼看著李政然就要追上，「我是你媽！謝政然！還記得你的名字嗎？」

無極限的蠢啊！闕擎與厲心棠也是從來時路要離開，照樣橫向距離陳姿雀他們數公尺遠，還盡可能用樹作遮擋！

如果他們是陳永琇，絕對不會提起自己是位母親的事好嗎！這是送命啊！

「不對……」厲心棠突然拉住闕擎，「不能讓他殺光所有人啊！」

闕擎瞪圓雙眼，「妳行妳去！」

「他還有子彈！等等殺完他們就來對付我們了，魔神仔又不能對他出手，誰保護我們？我們不一定能逃得了多遠！」厲心棠急促的喘著氣，「一味的躲不是辦法，我記得謝啓鈞還有帶另一把鐵鍬對吧？」

非常不想承認她說的話，但的確在這山裡漫無目的的逃，又面對持槍的瘋子，他們勝算不大！

闕擎拉過她的右手，無名指上的銀色蕾絲戒指是她養父……她都稱爲叔叔的人給她的護身符，這是絕對有效的！

當然他身上也很多，問題是他的護身符擋鬼擋煞，擋不了惡人！

「我希望你們店裡的妖魔鬼怪可以感應一下這裡出的事！」他往右方的探照燈瞟去，「妳去把燈源關掉，讓他看不見我們，我去拿武器。」

但他還沒行動，厲心棠撂下一句好，就衝向了謝啓鈞的方向……欸，等等，好像是他拿武器她滅燈，爲什麼交換了啊！

「喪心病狂了你！」

不遠處的陳姿雀抓起泥土朝李政然眼睛扔去，推著姐姐跑，「又不是我們害敏敏的！」

「就是你們！你們的虐待、暴打與蹂躪，讓我們活得生不如死！」李政然輕而易舉的追上了陳永琇，抓住她的頭髮狠狠往地上拽，「妳算什麼母親，還敢在我面前提媽媽兩個字？」

二話不說，李政然拿鐵鍬打斷了陳永琇的腳。

「哇啊啊——」慘叫聲起，陳姿雀恐懼的向後逃竄，在一棵樹後躲了起來。

但她沒繼續逃，因爲，外面那個再爛也是她二姐，而她媽那個老太婆還站在原地，她沒辦法扔下她們啊！

啪的一聲，遠方燈光消失，光源盡數暗去，李政然警戒的回身，那大燈具被關掉了……那兩個人眞棘手。

世界迅速陷入一陣黑暗，陣陣哭聲跟尖叫聲包圍過來，讓李政然無法分清方向，而謝思敏卻突然出現在他身邊，拉拉他的衣角。

「哥哥！不要這樣！是敏敏的錯！是我不該惹你生氣的！」

李政然絲毫不在意魔神仔，用力甩開了謝思敏，往前抓住了要爬走的陳永琇，扯著她的腳踝往後拖行。

「我沒有說我要醒！你們這些自以爲是的人！」李政然冷不防的一鍬再下手，打暈了陳永琇，「……我如果要回到我原本的生活，你們就不能存在！不能有任何人知道！

「啊啊啊啊——」正前方突然衝來陳姿雀，她奮不顧身的撲倒李政然……但遺憾過度高估自己，她只是撲在李政然身上而已。

啊？陳姿雀嚇得想後退，但爲時已晚，李政然揪住她的衣服，扔下鐵鍬，右拳不斷連續的打在她臉上。

「妳不是很秋嗎？很會打嗎？你們每個人都是凶殘的暴力狂！」李政然痛快的揍得陳姿雀滿臉是血，卻一邊露出欣喜的笑容。

陳姿雀鼻骨被打斷，噗嘩一大口血噴到他臉上身上，卻狂妄的笑了起來。

「你看看你的樣子……哈哈哈……」陳姿雀嘲笑般的說著，「你活成了你最憎恨的模樣啊，謝政然！」

「……什麼？」

「看看你的凶狠、你的眼神、你的暴力，真不愧是我們家的孩子！你就是我們家的孩子！」陳姿雀尖聲諷刺著，「一模一樣！一模一樣！」

「閉嘴！」李政然瘋狂的掐住陳姿雀的頸子，他要扭斷她的頸——

鏘！

後頭一鐵鍬擊來，厲心棠下手沒在客氣，面對有槍的傢伙，不一擊必中怎麼能行！

李政然手一鬆，應聲倒下！

『啊啊啊……』鬼哭神號的聲音傳來，厲心棠嚇得縮起身子。

「喂，講理喔！我不下手他會殺我的！魔神仔們！拜託拜託！」她向後退，黑暗中一雙雙發亮的眼睛亮起，密密麻麻的包圍著她，「別鬧喔，他沒死的，敏敏小魔！」

身後奔跑聲至，闞擎急忙趕了過來，接過她緊握在手卻抖個不停的鐵鍬。

「這裡唯一有殺氣的是人，妳不必怕。」闞擎話說完覺得自己說錯了，「不，是人的話更應該怕才對。」

魔神仔也只是恐懼，她放眼望去，全部都是孩子，天曉得這山裡埋了多少無辜的孩子們。

「他為什麼要殺我們？」厲心棠最不能接受的是這點。

「想要掩埋過去吧，我們是唯一知道他親手打死妹妹的人。」闞擎看著其他人，「至於其他人……仇恨本來就大著。」

闞擎拿出手電筒，朝各處探照，陳家姐妹還活著，回身往遠處看去，高林美依然站在原地，從抵達開始就沒動過。

「附身的魔神仔可以撤了吧？她一直站在那邊怪可怕的。」厲心棠看著那阿嬤的眼神，就覺得不對勁。

原本拉著厲心棠要離開，但是闞擎思忖了一會兒，突然決定回身。

「妳試著打手機看通不通。」他蹲到了李政然身邊。

「你要幹嘛？」厲心棠嚇了一跳。

「不能留給他機會！」他先把李政然剛剛附近的鐵鍬扔到遠處去，接著蹲到他身邊，打算把他的配槍與子彈都拿走。

畢竟厲心棠不可能痛下殺手，萬一他們暫時離不開這片森林，但是他突然醒來又展開追殺的話怎麼辦？

凡事還是做足準——啪！李政然的手突然伸上，倏地握住闕擎的手！

該死！

李政然握住闕擎的手往後扭，輕鬆取回配槍，但是闕擎也不是省油的燈，轉著手腕化解，同時一個肘擊攻向李政然！

「厲心棠！」闕擎與之扭打在一起，「跑！」

咦？厲心棠愣在原地，爲什麼？

但是她還是聽話比較好，她即刻旋身，開始踩用蛇行的方式往前衝，一邊看著手機……手機沒有訊號啊！

李政然不客氣的手刀鎖喉，闕擎一口氣上不來，氣管遭到重擊後倒地，耳邊傳來裝彈的聲音，他抬起頭，看向附近所有的魔神仔——阻止他啊！

謝思敏瞬間擋到了李政然的面前，『哥哥！不要再殺人了！』

一幢幢影子衝了出來，魔神仔們開始匯集，他們組成了一個成人的模樣，一個長者的姿態。

李政然突然僵硬，不可思議的看著眼前的男人，「爸……」

『阿政，你當警察，是爲了濫殺嗎？』李分局長用失望的眼神，蹙著眉看向他。

但李政然沒有回應，他直接朝前開了槍——砰！闕擎早有準備，及時閃過。

但李政然卻俐落的抓過闕擎，槍口直接抵住他的胸口，豪不猶豫的射出了一槍！砰！

啊——闕擎被突如其來的槍聲嚇到，疼痛在兩秒後漫延開，緊接著是溫熱的血液流淌……魔神仔擋不住他的，就算謝思敏也擋不住！

『哥哥！爲什麼要這樣！』謝思敏悲痛的哭喊，『你這樣就不是我哥哥！』

不管什麼攻勢，對李政然完全起不了作用，他調整呼吸，重新正首，抹去剛剛被厲心棠偷襲時自額邊淌下的血，重新舉起槍……咦？人呢？

森林太黑了，但不怕……他拿出手電筒，擱在槍上打開。

「嗨！」燈光一開，厲心棠赫然站在他身側！

鐵鍬狠狠敲下，但李政然卻眼明手快的閃過，不過厲心棠本來就不是對準他的頭——她直接掃掉了槍，而且槍飛到半空中時，她還擊出了一記安打！

可來不及得意，右臉頰被一拳擊上！

啊！厲心棠頭昏眼花，整個人直接跌地，頭暈到難以立即起身，此時一雙手緊接著箝住她的頸子，將她整個人壓上地，呃啊……李政然坐上她的身體，緊緊勒住……又來！她向來都是記取教訓的人！

忍著難以呼吸的痛楚，厲心棠抽出一直塞在腰間的刀子，吃力的朝李政然肩頭刺下。

但李政然已經抓狂失去理智，手也不過略鬆兩秒，這一刀對他不痛不癢，他甚至掐著厲心棠的頸子往上提，再將她的後腦杓往地面敲，這時厲心棠才意圖扳開箝在頸子上的手指……不不……

世界一片黑暗，適應黑暗的她眼前只看得見那猙獰且凶狠的雙眼……

一隻虛軟的手突然自李政然左側伸來，毫無殺傷力的抓住李政然的手肘，藉力以挪動自己的身軀，這種攻擊力近於零的出手，李政然根本沒放在眼裡，他先把這個女的殺掉，再來解決男的……

闕擎再往前挪了身子，整個人擋在厲心棠上方後，無力的又跌在她身上，算是躺在她臉上了吧！

「滾開！」李政然伸手要推開他，闕擎卻咬牙拉住他的衣領，努力起身逼近他。

「我受夠了……」他咬著牙望進李政然的雙眼，「看著我。」

「我……」李政然才要說什麼，但旋即沒了聲音。

他與闕擎相互凝視，在這麼黑的地方，他卻看見闕擎比這世界更加漆黑的雙眸，更加的……啊啊……

「啊啊啊——」李政然突然發出驚恐的聲音，不僅鬆開了手，還起身往後退去！

「咳……咳咳……」撿回一條命的厲心棠趕緊護住自己的脖子狂呼吸，身上滑倒下闕擎，她騰出手扣著他的身子，「哈……哈……」

「走開！走開啊！哇啊啊！」李政然的叫聲漸遠，他離他們越來越遠，像朝著謝啓鈞的屍體方向去，可聲音聽起來恐慌異常，像是遇到了什麼！

沒有時間遲疑，厲心棠努力撐起身子，闕擎便滑落到她的腿上，這反常的舉動讓她異常緊張，抓過手機要打開手電筒。

「別……動。」闕擎有氣無力的說著，「別看。」

「咦？」她的手停下了，「但是……」

「他不會再回來的。」闕擎聲如蚊蚋，虛弱得讓厲心棠心慌。

「你怎麼樣了？為什麼會這麼虛？我……」伸手胡亂摸索的手，忽地摸得一大片濕濡，心瞬間涼了一半！

闕擎的胸口全是血！她立即打開手電筒，但大手卻更快的覆上她的雙眼。

躺在她腿上的闕擎皺眉，厭煩的撐著手掩住她的眼，就說不要看了是哪裡聽不懂？厲心棠的眼上濕潤一片，鼻間嗅得的都是血腥味，她可以猜得到闕擎究竟流了多少血……好，好！

她沒掙扎，而是讓自己原地轉了一百八十度，拖著闕擎轉動，選擇背對了李政然的方向。

「啊啊！哇啊——」李政然的吼叫聲仍舊在林間迴盪，但真的越走遇遠。

「我不看……」她聲音出不來，沙啞的拉下闕擎的手……立刻看見他胸口的的溼濡，深黑色的衣服只能看見全濕，見不著豔紅的野花，「不不不，你中槍了嗎？」

她失控的扒著他胸膛，闕擎露出痛苦的表情，她才嚇得鬆手。

「我不碰我不碰……」她拿起手機，卻完全沒有訊號，「為什麼沒有訊號！放我們出去啊！打開這個瘴！魔神仔！」

她含著淚尖叫，朝四面八方怒吼著，但其實喊不出聲音，謝思敏！

「不是我們的錯，這裡本來就沒訊號。」老者的聲音倏忽從身後傳來，嚇得厲心棠緊抱闕擎回首，是高林美！

「……妳……妳是誰……」

「她們會帶路，妳出去求救比較快。」高林美幽幽的說著，指向了幾個晦暗的影子。

小小的身影漸而成形，是之前見過的女孩們，還穿著蕾絲洋裝。

闕擎已經沒了反應，厲心棠迅速的逼自己冷靜，即使手抖個不停，但她不能遲疑，闕擎沒有太多時間！她將闕擎好整以暇的放在地上，看著自己滿身滿臉滿手的鮮血……唯有那枚銀色的蕾絲戒指依舊閃閃發光，一滴血都沒染上。

她喘著氣，抬頭看著陰暗的天空與樹梢。

「雅姐！叔叔！拜託你們幫忙！」她摘下戒指，把戒指放在了闕擎的傷口上，「拜託……拜託！」

咬著牙站起身，魔神仔們指著她的正前方，亦是剛剛他們走來的方向。

「小魔不跟我走嗎？」她回眸看向高林美，紅色外套的女孩卻站在她的身邊，看起來異常親暱。

「我們要陪著家人。」高林美微微一笑，卻有一股溫柔。

家人？是希希？

厲心棠喉頭緊窒，不想管別人家的事了！她朝著來時路奔去，越來越多的魔神仔聚集過來，像是陪著她奔跑一樣，還有孩子會提醒她小心腳下。

「啊啊……哇啊啊！哈哈……哇啊——」李政然的叫聲依舊持續，一次比一次淒厲，不管多遠，依舊迴音陣陣。

而那枚置在闕擎胸口的蕾絲戒指，在厲心棠跑遠後泛出淡淡光芒，然後沉入了他的胸膛中。

闕擎正上方的樹梢上，男人緩緩放下了手。

「沒事……沒事了，幸好闕擎最後出手了。」白衣女人自己也鬆了口氣。

穿著漢服書生模樣的男人看著那個發狂的李政然身影，冷冷的彷彿要把他拆吃入腹。

「我等著折磨他的靈魂，居然敢動我的棠棠？」

「冷靜點！我剛解開了魔神仔的怨瘴了！」女人勾過了他，「棠棠沒事，我們先回去吧！」

剎，風吹樹梢般的微顫，許多魔神仔們抬頭看著那棵樹，孩子們露出有些敬畏的神情後，又成鳥獸散。

而狂奔的厲心棠在魔神仔的引領下發現路越來越窄，樹木也變得更密，坡度更陡，她不顧一切的扣著樹往上爬，最終突然衝進了刺眼的白光中！

「啊！」

她身上抖落一堆落葉，眼睛有些不適應的遮擋，眼前一台車恰好高速駛過，有些茫然的她才發現自己居然在馬路邊？這裡是……她左顧右盼，是一般道路，只是兩旁都是樹林，她居然直接跑出來了？

叭——喇叭聲傳來，她如驚弓之鳥的後退，回身看著一台車子在她面前緊急停下！

「厲小姐！」下車的居然是楊逸祺，「妳為……妳怎麼了？受傷了嗎？」

楊逸祺不可思議看著渾身是血的厲心棠，出了什麼事？

「救……救……」她咬著牙，拼盡全力的喊出聲，「快點救救闕擎！」

第十二章 神棄之地

小小的女孩喝著美味的巧克力牛奶，滿足的躺在病床上，阿忠帶了些玩具給她，她露出可愛的笑容，還要阿忠陪她玩。

接著劉允治領著一對男女步入病房，女人哭得泣不成聲，不敢相信的衝上去，病床上的小女孩先是發愣了幾秒後，旋即大哭失聲，回擁著父母，不停不停的喊著爸爸媽媽。

幸運的她，在失蹤兩百一十三天後，終於與父母見面了。

但是其他不幸的女孩們，躺在停屍房裡與父母相認，絕大多數均已腐爛得難以辨認，淒慘悲傷的哭聲傳來，無數父母在長年的等待後，還是迎來希望的破滅，哭倒在廊上的人無以計數。

一共十一個女孩，許多都已經腐爛見骨，有許多女孩甚至失蹤沒幾天就被殺害。

「因為哥哥很凶，不能惹哥哥生氣，他一旦生氣就會打人，會很可怕很可怕！」唯一生還的女孩說著，「但是哥哥不生氣後，會對我很好！」

她口中的哥哥，就是李政然。

女孩求生慾強烈而且相當機靈，因為懂得看臉色、讀空氣，使得她能夠平安度過兩百餘天，身上甚至沒多少傷，李政然對她最粗暴的一次，就是阿忠發現她的前一天，她差點被掐死……或者說，李政然以爲已經掐死她了。

「我知道他把我當成她妹妹了，那個妹妹叫敏敏，不敢出門、怕男生、很聽話，而且需要哥哥的照顧跟保護。」女孩深知李政然的習性，「我每天就乖乖的等哥哥回來就好，我只要很乖，就不會有事。」

「屋子裡有很多女孩，我……比較怕她們，因爲她們都好恐怖。有幾個人很壞，她們會惡作劇，一直叫我下去陪她們。」她提起在屋子裡的其他「同伴」時，才會流露出恐懼，「那天把櫃子打開，害我被哥哥掐脖子，她們就是故意的。」

經過搜索，李政然的屋子裡，除了她之外沒有其他活人，所以她口中的其他女孩，只怕就是……地底那些了。

「妳怕哥哥嗎？」心理醫生溫和的問。

女孩遲疑了一會兒，點點頭，又搖搖頭。

「一點點，但是我只要乖就好。」女孩顯得很矛盾，「但我怕其他女孩。」

她把玩著娃娃，平靜得令醫生們驚訝。

父母在旁心疼不已，醫生只是微笑聆聽，這女孩還小，會不會有創傷症候還需要嚴密觀察，只是單純以救出來至今的反應看來，她竟連黑暗都不怕，能夠一個人待在漆黑的病房中，感覺似乎相當泰然。

「還是要多觀察，固定回診。」心理醫生在病房外對父母交代，「任何細微末節都要注意，雖然她沒有受到侵害，但是長達兩百多天囚禁與折磨，都會在心理留下創傷。」

「好，我們知道！謝謝醫生！」父母感激涕零，緊握住醫生的手。

阿忠站在門口，右耳聽著醫生與父母的對話，左耳聽著女孩自個兒在玩著扮家家酒。

「叔叔，」女孩突然停下手裡的玩具，「哥哥呢？」

阿忠一凜，「誰？」

「哥哥。」女孩亮著清澈的眼，「哥哥會被抓對不對？他被關在哪裡？我可以去看他嗎？」

……這女孩心臟可眞大啊，她竟不怕囚禁她的李政然，是因爲他待她還不錯嗎？但是那手鐐腳銬依舊束縛著她啊！

阿忠不知道該怎麼解釋，她這輩子都見不到李政然了。

「哥哥做錯事了，他得受罰！」劉允治及時走了進來，「現在都不能見人，等可以會面時，再跟妳說好嗎？」

「嗯！」女孩點了點頭，「下次我用吐司給哥哥吃！哥哥做的可好吃了！」

劉允治溫柔的笑著，「好！真棒的妹妹！」

他的笑容在背對女孩時微斂，極為複雜的走出病房。

其實他們都希望，日子一久，這女孩能忘記所有，忘記這兩百多天的囚禁、忘記李政然，反正她也沒有機會做吐司給他吃了。

李政然已經不在了，不只是不在，阿忠這輩子都忘不掉那可怕的死狀。

那天從產業道路旁衝出渾身是血的厲心棠，恰好就在分局長的面前，他那天正要回警局，嚇得減速停靠，接著就是叫救援；沒人知道產業道路旁的路可以直通山林深處，全都由厲心棠帶路。

路意外的直接，筆直且完全不必轉彎，不到五分鐘就抵達命懸一線的闕擎身邊，第一批進去的人說現場相當慘烈，滿地都是血，還看見昏迷的陳姿雀姐妹，以及林美嬿。

但是當他們抬出闕擎後，轉身再進入山林後……就完全不是那副樣子了。往前走沒幾步就進入別人果園，不是神祈山，也不是森林，由楊逸祺帶領的一小隊傻在當場。

「噢，我是跟著魔神仔走的。」救護車上的厲心棠啞著聲說。

然後咧？這下子李政然、陳姿雀他們人在哪裡？

最後警方花了三天追蹤定位李政然的手機，跋涉了非步道的小路，才找到在山裡的人們，抵達時現場已經惡臭陣陣，屍體都開始腐爛，烏鴉也已啄食；由於楊逸祺在救治闕擎時有親自進入，所以到現場時他確定是那天看到的地方，地點沒有變，只是路徑不同，沒有魔神仔的帶領，他們費了太多工夫。

現場已死亡的有謝啓鈞頭身分離，還找到幾個黑道份子，幾乎都是中槍身亡，唯有一個午仔，他的頭顱是被敲爛的；另外三個麻布袋裡盛裝著平均年紀九歲的女孩，均為施打藥物過量，但其中有一位生還，生命跡象雖然虛弱，但終究是救回來了。

那天的屠殺範圍，大致呈「戶」字型，方塊口的地方正是午仔、屍體、土坑之處，接著他們從左邊那一撇往後頭，謝啓鈞的屍體剛好在轉角處，闕擎則躺在那一撇的末端。

而在這範圍中，警方還挖出了一大堆屍骨，都在一一化驗中。

被救回來的女孩被迫從事性交易，她也指正了跟她「玩遊戲」的客人裡，不只有里長許文慶、有童謙富，還有更多令人詫異的、德高望重的大人物們。

警方推測是因為許文慶戀童案爆發，接著牽扯到林旺福與童謙富，相關人員爲了撇清關係，決定直接把女孩們處理掉，就不怕有證人了。

但在童謙富車禍現場中，後座也找到了相關跡證，不得不說細心的人處事就是仔細，警方幾乎沒找到什麼，但卻在座墊夾縫中找到幾組DNA，因此獲得了搜查令……不得不說，童謙富的「紀念品」可不少。

而卡住煞車的禍首，卻是一個皮鞋上的硬質蝴蝶結。

這或許是哪個女孩身上的裝飾品，恰好卡住了煞車，「遊戲」中不愼掉落，連童謙富也沒注意到，最終導致了煞車不及的悲劇。

最後發現李政然的是阿忠，他沒在呈戶字型的移動殺戮區塊中，而是在更遠一點的地方，還是從一截手指頭開始尋獲。

彷彿線索般、手指一段一段、肉塊一片一片、然後是腸子、內臟、耳朵、鼻子、嘴唇……最後在距離土坑外五公尺的樹後方，找到了開腸剖肚、自毀容貌、右手持刀、左手還抓著自己心臟的李政然。

主動脈甚至都還連在身體裡，他來不及切斷動脈就死了。

那場面太駭人，阿忠忍不住嚇得大叫，分局長楊逸祺聞聲奔前查看，一時也呆在原地……經過鑑識小組的勘察，法醫鑑定，沒有他殺嫌疑。

現場其他屍體死亡時間都比他早，倖存者更沒有那個能力殺他，能給出證詞的厲心棠說她一路聽見李政然不停慘叫，最後轉爲淒厲，但那時她一心要救闕擎，根本不知道遠去的李政然做了什麼。

身上有李政然DNA的人，都是微量跡證，按照他的傷口，這些噴血量相當驚人，而大部分的血都在他自己身上，以及一路的足跡路徑上。

最後能推斷的只有一個：他是自殺的。

「自己挖心出來……這要瘋成怎樣才能做出這種事？」阿牛想到就瑟瑟顫抖，他突然很慶幸，那時他在處理李政然家的女童屍體。

一旁的厲心棠聳了聳肩，她不知道。

揚睫偷瞄闕擎一眼，她是眞的不知道李政然爲什麼會做出這種事，而且這種自殘比許文慶所爲更可怕，只是她沒忘記……當時闕擎叫她不要看。

「他本來就不正常了吧！是我們都沒有發覺。」劉允治有幾分自責，「但他看起來是那麼的盡責熱血，我怎樣都沒想到他會做出這樣的事！」

「他的世界在十一歲時就崩解了，失手殺死妹妹，卻選擇逃避與自我欺騙，幻想妹妹活著還必須在他的保護下才能活，也就間接造成了綁架案。」厲心棠其實覺得他有點可憐，「而那些女孩一個個被他失控殺死，他卻能自欺欺人的再綁下一個。」

「他的暴力傾向是有觸發點的，他的養父甚至也不知道。」劉允治想起在醫院停車場時的一幕，「那天他怕妳被童謙富碰觸時，看上去的確很驚人。」

「所以這是遺傳嗎？」阿忠相當痛心，「從高林美夫妻開始，他們的孩子、再到阿政，都有著易怒暴力的特質，這種眞的是刻在ＤＮＡ裡的暴力？」

不知道，不好說，這種說法有許多學說論派，誰都說不準。

「這不一定吧！明明也有很多在暴力家庭長大的人，其實都反暴力，而且怕得要死！」阿牛不想認可，「如果謝思敏姐妹還在，飽受暴力的她們，難道還會走上一樣的路？」

「但很遺憾，在我從警的生涯中，許多人的暴力行爲或是偏差，都源自原幼時的家庭暴力，連續殺人者更是！」楊逸祺提出了自己的經驗，「雖不是百分百的孩子都這樣，但是有偏差的家庭九成都是如此。」

「即使女孩們未來沒有暴力傾向，但是這些事依舊會帶給她們一生的創傷。」劉允治幽幽的說著，例如那個倖存的女孩，至今不能接受任何人的觸碰。

「原生家庭的刻印，有時比ＤＮＡ更加可怕。」難得的，躺在病床上的闕擎輕輕的出了聲，「因爲那是降生到這世界上後的所見所聞、潛移默化，組成他人生的重要因素。」

厲心棠擔憂的起身探視，他傷得很重耶，還說話！

他笑看著她，搖著頭表示他沒事，命都撿回來了。

「我也覺得這比DNA說法可靠，人出生時就是白紙，怎麼渲染作畫就是他的成長環境，像阿政他從小被暴力虐待，他恐懼害怕，但久了會痲痺會有怨懟，而且那個家又全都是這樣暴怒的人，他的身教能從哪邊學？」提起那個家族，楊逸祺就只有搖頭的份，「從上到下，沒有一個是可取的行爲，但這些行爲模式卻是他唯一見得到的！」

「碰上不負責任的媽媽，又攤上嫌他是痲煩的繼父！」阿忠深爲李政然忿忿不平，「我原本以爲他遇上老分局長後人生會不同，被領養後應該過得很好啊！」

「人格定型期已經過了，他的童年已經是悲劇。」闕擎淺笑，「李分局長的確是他的救贖，他也成爲警察，但已經形成的人格無法輕易更改，深藏在陰暗的角落中，只怕也不是他自己能控制的。」

所以，他下手綁架的第一個女孩，倒推時間是他十六歲時做的，法醫推測女孩可能在被綁架時的掙扎中就被殺了，她的遺體被放在一個塑膠袋中，在浴室下的坑洞待到成白骨爲止。

之前他人即使在別處上班，但只要距離不遠，他都還是回這個家，無人起疑。

他的幻覺需要成員，所以就會去綁架年紀相仿的女孩，妹妹始終維持在死亡時的年紀，所以被帶走的女孩都一致，外型也類似；或許她們掙扎、或許不聽話，總之一旦暴怒他就會失控，打死或殺死女孩們，死因清一色不是頭顱破裂就是被掐斷頸子。

頻繁綁架是成爲警察後，穩定的工作以及穩定的住所，他的「家」更需要妹妹的存在，所以這幾年綁架的女孩才格外密集。

「其實聽起來有點可憐。」厲心棠相當無奈，「他最愛妹妹，但卻親手殺了她；他最恨暴力，但卻終究活成了他最憎恨的模樣。」

病房內一陣沉默，這就是原生家庭的刻印，孩子不能選擇，他們只能痛苦的接受。

「不幸的人用一生治癒童年。」阿忠良久，吐出了最近常見到的字句。

「但是，他毀了更多人的童年甚至是人生，這也是不爭的事實。」闕擎點出關鍵，十一名女孩的屍骨，被塞在那潮濕的浴室地穴中，是誰的錯？

喀噠、喀噠，白色的紗裙飄逸著，高跟鞋在醫院走廊上傳來聲響，厲心棠倏而抬頭，這足音莫名熟悉。

「您好。」一位長髮美女出現在門口，一屋子人都愣住了，「我是厲心棠的姐姐。」

古典高雅，精緻容顏帶著仙氣，一抹紅唇輕輕揚著嘴角，搭配上全身雪白的紗質洋裝，整間醫院的氛圍丕變！

「雅姐！」厲心棠吃驚的站了起來，二話不說就衝過去，直接撲進她的懷抱中。

「您好。」楊逸祺下意識理了理自個兒的服裝儀容，「我是警察分局長，楊逸祺。」

「楊警官您好，我來接心棠，順便幫闕擎辦理轉院。」雅姐朝闕擎看了眼。

「好！」正準備出門的楊逸祺卻突然遲疑，「小劉，你們陪她去！」

劉允治先是一怔，立即明白的上前，同時吆喝其他人都離開病房。

「叔叔沒來？」厲心棠挽著雅姐的手，開心的昂起頭。

「我來就夠了啊！」

一票警察陸續出了病房，而楊逸祺卻緩緩的將門關上。

哼！無法動彈的闕擎忍不住冷笑出聲，他好像不意外。

「你有打算跟我解釋李政然的死因嗎？」楊逸祺站在床尾，有點無奈的瞅著他。

「他不是自殘嗎？自殺的。」他平穩的回應，「分局長，我那時都快死了，我們在斜對角線，我有辦法爬過去把他切開嗎？」

嗯嗯，楊逸祺搖著頭，「你明知道這不是我要的答案。」

「我只有這個答案耶！」闕擎無辜的說著，神情卻很冰冷。

楊逸祺緩步走近床邊，拿出手機滑了幾下，最終出示一張照片，轉向闕擎。

那是他的照片，而且是近照，都是在「百鬼夜行」附近時被拍下的。

「國家拍的嗎？真好看！高畫質！」他仍言不及義，「我騎腳踏車沒違規吧？這張好像罰單照呢！」

「我上個月接到的，許多警局都有收到這份資料，要我們留意照片中的人，跟其涉入的案子。」楊逸祺再滑著手機，「附件還有相關案件，是有點年代了，但是……你知道，那些命案中有許多死者的死法——」

跟李政然一樣。

楊逸祺沒說完，只是凝視著闕擎，躺在病床的闕擎胸口層層繃帶包裹，卻用一種輕蔑的眼神也看著他。

「那信裡有沒有警語？例如，千萬不要看我的雙眼？」

喝！楊逸祺瞬間別開眼神，緊繃起身子——「所以，真的是你？」

「開玩笑的！」闕擎笑了起來，「……好痛！」

「別笑！」楊逸祺趕緊上前輕壓他的胸口，「你不能激動，深呼吸……」

闕擎卻勾起戲謔的笑，依舊無力的躺在病床上。

「這就是你一開始就信我們的原因嗎？」

「我相信魔神仔，相信山裡的力量，我永遠懷抱著尊重之意，自然沒有理由懷疑有感應的人。」他眼神落在闕擎的頸子，下意識不去看他的雙眼，「我只是不希望魔神仔是那些孩子而已。」

「人與鬼一樣，有好有壞，這次魔神仔都沒親下殺手，沒有一個孩子化身厲鬼，他們在山裡也算過得很愉快，你們不必擔心。」他略微挑眉，還是不能小看孩子的聰穎。

許文慶是幻覺自殺、童謙富是自撞，其他人都是李政然殺的，孩子們完全沒有進行殺戮，頂多下了咒，這些構不成厲鬼或質變，非常的聰明。

「所以，你們找到這串事件的起因了嗎？」

「林伯那天去摘野菜時，找到了一片新的野生菜類，新生的特別茂密。」楊逸祺嘆了口氣，「我們在下面找到了三個月前新埋的屍體，也是童妓之一，埋得很淺，草草埋的。」

「那一帶只有一具屍體對吧？」闕擎直接猜謎，「可能午仔發包給新人去埋，所以埋得不偏僻，因此牽動了其他魔神仔。」

「魔神仔的事我不懂，但那一帶只有一具屍體沒錯，那邊是很多天然野菜之地，正常人也不會在那裡埋屍，那天你們去的地方才是真的偏遠，屍體之多……」楊逸祺略遲疑，「我們也找到了謝希希的屍體。」

「在謝啓鈞身邊對吧，他親自挖的。」闕擎那天就覺得奇怪了，「謝啓鈞也是被附身操控了吧！」

楊逸祺完全不意外，這對年輕男女知道得很多。

「除了謝啓鈞外，高林美跟阿雀她們都活著，只是……」楊逸祺若有所思，沒接著說。

「我想，她們就這樣平安的度過餘生吧。」闕擎看著天花板，卻泛起微笑，「總是要對得起魔神仔吧！」

「我會做些法事，至少讓孩子們心安。」楊逸祺眼尾瞄到單獨折返的厲心棠，她不知何時就站在病房的玻璃窗外，用一種不爽的眼神看著他，「喔喔，護花使者回來了，看起來不是很高興。」

嗯？闕擎吃力的想抬起頭，但他現在無能為力，只能在左手上比個ＯＫ，不讓厲心棠擔心。

「我得走了，不然女孩會生氣，她怕我對你怎麼樣吧？」楊逸祺笑著拍拍他的肩，趕緊大步往病房外走去。

「那你會對我怎麼樣嗎？」闕擎淡然的接口，那些通知信件他會怎麼回呢？

「噢，你們到這鎮上的第一天怎麼處理，後面就怎麼處理囉！」楊逸祺笑著拉開了病房門，「只是來玩的年輕人不小心捲進案子，基於隱私，我們不會透露個資。」

第一天？找到林旺福那天厲心棠說了不能曝光，警局上下努力的遮掩了他們的存在啊……呵呵，闕擎逕自笑了起來，笑著笑著，胸口又疼了！

「啊……」

「他想幹嘛？」厲心棠跑回他床邊，「我剛跟雅姐出去，卻發現他沒跟來，還把房門關上了！」

闕擎看著她搖首，沒事，真的沒事。

他不想說。厲心棠明白且尊重，輕輕拍拍他，「等等我們就回首都，雅姐都安排好了。」

「謝謝。」啞著聲，他虛弱的說著。

「……外套真的是你的對吧？」她突然小聲的開口，「我那天感受著謝思敏的一切時，看見了……」

在她被哥哥掐著頸子時，哥哥後方的樹木裡，站出一個男孩，雖然看不清臉孔，但可以瞧見他的慌張，男孩第一時間轉身就逃離了那兒……忘了拿走外套。

闕擎深呼吸，淺淺帶著笑，「應該是吧，我記得我去過那裡……」

或者說，是在那兒躲藏過。

輕闔上眼，說了會兒話他是真的累了，厲心棠沒有再追問，事實上小魔的情緒清楚的轉達給她，那個男孩就是闕擎，她死前最後看見的人，不可能認錯。

沒有兩分鐘，闕擎呼吸勻稱的進入睡眠，連醫生跟雅姐進來都不知道。

病人即將轉移，雅姐的手趁機輕輕放在闕擎的胸上，下一秒握住了拳。

闕擎由救護車帶走，雅姐是開車來的，由她載厲心棠回家。

警局的人幾乎都過來送他們走，雙方彼此道謝個沒完，至於謝什麼，也就盡在不言中了。

「妳還好嗎？」一坐進車子裡，雅姐便心疼的問她。

「我……還好啊！就頸子很痛！」她指指自己的，青紫一片，聲音也還沒恢復。

「其他呢？」雅姐擔憂的才不是這區區皮肉傷，「整件事給妳的影響……會不會越來越怕人了？」

厲心棠眨了眨眼，再眨了眨，眼珠子轉著兩圈，輕輕笑了起來。

「外面的人很可怕，但也很可愛啊！」厲心棠感激般的闔眼笑著，「小魔這麼努力就爲了哥哥，如同李政然一直想保護她的心一樣，其他魔神仔也都很善良，爲了讓我及時救闕擎，還開了條路呢！」

噢……這答案有點出乎雅姐意料，「但他們都狠狠傷了妳……」

纖手心疼的撫上厲心棠的頸子，想起來她就有火。

「這沒關係啦！喔喔喔對了！告訴叔叔，拜託不要折磨李政然的亡魂！」厲心棠彷彿知道他會做什麼一樣，「出生在什麼家庭，不是他的選擇，他不是自願變成這個模樣的！」

雅姐詫異的望著她，「但是……」

「他活得跟他最恨的人一樣，我覺得已經是最大的折磨了！」厲心棠難受的說著，「他殺了這麼多人，地獄自有法則……請叔叔高抬貴手，不要另外再傷害他了。」

雅姐望著養大的女孩，突然有一絲欣慰，他們好像養了個好女孩。

「我知道了，我會告訴他。」雅姐拉過她的右手。

「什麼……咦咦？」看著戴進她指頭裡的蕾絲戒，厲心棠驚呼出聲，「我以爲掉在森林裡了！我那時放在闞擎的胸口上，但後來抬走送醫什麼的，我急得都忘記這件事了！」

「找到就好。」雅姐沒多做解釋，繫上安全帶。

這丫頭也是聰明，這枚戒指的確救了闞擎的命。

厲心棠看雅姐精緻的側面，突然撲上去緊緊抱住她，雅姐輕輕回擁著女孩，愛憐撫著她的髮。

「我好慶幸是被妳跟叔叔撿到喔！」她昂著頭，看著養大她的女人，「謝謝你們給了我一個溫暖的家。」

「不，」雅姐鼻尖輕搓了搓她的鼻尖，「是我們該謝謝妳給了我們一個家。」

尾聲

劉允治戴著層層口罩，在長廊上緩步走著，前頭引路的人帶著他拐進了一間方間，裡頭有兩個穿著廚師服的工作人員，也是全身防護。

「這是特別的膳食室，他們吃的東西跟一般人不同，不能與一般廚房混在一起。」爲首的人無力解說，「櫃子裡都是沒有冰的肉品，爲了讓它們腐爛長蟲，有時還得拿到外面去。」

「土呢？他們不是也要吃土？」

「有，都會固定去挖……長官。」廚師語重心長的問著，「這些人這樣吃眞的沒問題嗎？萬一身體出事了……」

「出事了他們自己負責，你們也提供過正常飯菜給他們吃不是嗎？結果是什麼？」劉允治問著廚師們，他們怎麼可能忘記那群人看見美食時的噁心感！

其他廚師打開櫃子，從裡面拿出了滿佈蛆蟲的食物，還有埋過腐肉的土壤與蚯蚓，每個人都是皺著眉心做事，這實在太噁心了！

一盆盆「食物」放在推車上，再由人員推到專屬的病房去。

劉允治沒告訴這些人，當初在深山裡、事隔三天才找到他們時的景況；生還者陳姿雀、陳永琇以及高林美是呈現什麼模樣，警方又是如何知道那整片地下埋有許多屍骨的。

若不是她們徒手刨開，在那兒生啃腐肉，誰會知道呢？

「不能喊吃飯，他們會很瘋狂。」配飯員低聲說道，「之前關在一起會互相搶食，如同野獸一樣，很可怕。」

劉允治點點頭，他看過那場景，他們已經沒有任何正常人的生活，除了無止境的覺得肚子餓外，什麼都不想做。

而止飢的食物，除了腐肉蛆蟲與蚯蚓外，沒一樣能嚥得下去。

悲哀的是，他們的意識都是正常，清楚的知道自己吃的是什麼，也只能這樣吃下去，否則只能餓死。

他站在拐角的監視器看著五間窄小的病房，病房內一片雪白，只有一個癱坐在角落的人。

配飯員將盆中的食物放在送飯口的瞬間，發出的聲響使每個人都跳了起來，衝向送飯口，等著盆子轉動出現在自己面前……那曾風光無限的里長太太、那霸王后般的林美嬿、囂張蠻橫的陳姿雀與陳永琇，還有佝僂著身軀的林旺福，都抱著那盆子腐肉狼吞虎嚥。

一邊吃，一邊哭著喊著嚥著，他們到死之前，唯一能下嚥的食物。

劉允治看著病房裡唯一對外的窗戶，看見的都是神祈山，不知道他們是否能從窗戶看見那些魔神仔？

對魔神仔而言，是神祈山，或是神棄山？

終其一生只能吃腐肉的人，是魔神仔的詛咒？還是自己的詛咒？

他看著螢幕裡的人們，他還有很多事要做，週末的法會，明天的抓捕行動，還有聽說又有一位十大青年進入了山裡，失蹤了。

後記

吁口氣，我知道這是本沉重的故事，每個孩子、每個魔神仔都有著悲慘的人生。

魔神仔，在傳聞中都是山裡的精怪或鬼魂，三不五十會出現在新聞，在山中帶走老人家，讓人們滿山遍野的找都遍尋不著，最後幸運的有人被尋獲，大家找了好幾天，對失蹤的人來說卻只是一兩日而已；當然也有不幸的狀況，被找到時已失溫或餓死。

台灣名氣最高的魔神仔非紅衣小女孩莫屬，關於魔神仔的形態、傳說有非常多種，但共同點就是身形矮小、或者就是孩子。

所以這一次，我就讓魔神仔是個孩子。

百鬼夜行，一鬼一故事，這次的說故事的魔神仔便是身不由己的孩子們，講述著發生在他們身上的事，以及無從抵抗的人生。

出生在什麼家庭什麼環境，是無從選擇的，人生ON LINE是沒有後悔、不能重來的線上遊戲，困難險阻各有不同，一出生的裝備跟技能也都有差異，活生生的生存遊戲。

童年是人格定型期最重要的時刻，成長環境就決定了一切，所以有句話說：幸運的人用童年治癒一生，而不幸的人用一生治癒童年。

雖然有遺傳說，但我還是覺得人格發展的部分，原生家庭環境佔了相當重要的地位。

有許多人不順的人生，追根究底往往都跟童年有關，不管是家庭或是老師，常常大人們的言行身教，都會影響一個孩子的一生；最近看許多眞實案件，發現眾多罪大惡極的犯人，童年大多數都是不幸的。

各種狀況都有，而且都是比慘的，沒有孩子希望在那種悲慘環境下長大，但是孩子別無選擇，而最後……他總會活成他最憎恨的模樣。

潛移默化是最可怕的事，讓白紙般的孩子從出生開始，每天看見的就是情緒失控、暴力相向，那麼他學到處理事情的方式就只有暴力；當然這邊指的是大多數，少部分較聰明、或是能遇到良好契機的人，便會有轉變的機會——如果他們懂得把握。

但必須說，這種機會少之又少，多少人在遇到轉機前，就已經被命運擊垮、在罪惡的泥沼中掙扎了。

這本《魔神仔》的確是個沉重的故事，也牽扯到了戀童癖、違法孩童性交易等等事項，這些都是眞實存在、而且或許就在我們之中上演，只是無人知曉罷了！尤其最近看見不少「優秀份子」似乎都有著不爲人知的「癖好」，沒來由的就是會覺得不舒服。

說到底，孩子都是無辜的，因爲他們無法選擇出生與家庭，有人會用宿命論作結，彷彿從出生那刻就注定了他們的命運，聽起來相當消極，但又無法否認事實。但我還是希望能樂觀些，如果犯錯就改正，眞的命運不順遂也能抱持正向，保持戒心但對人良善，不輕易喪志，眼前看似絕境死路，但說不定走到底其實就是轉彎了啊！

最後，願世上每個孩子，都能擁有無憂無慮的快樂童年。

二〇二〇年博客來與金石堂的閱讀報告日前才剛公布，今年依舊是您們、支持我的天使們雙雙把我送入了十大暢銷作家榜中，超級開心且銘感五內！購書眞的才是對作者最實質且直接的支持，沒有您們的購書，作者便無法繼續書寫，萬分感謝購買這本書的您們，讓我能在二〇二一年有繼續寫下去的資格！謝謝。

笭菁

境外之城 115

百鬼夜行卷 3：魔神仔

作　　者／等菁
企畫選書人／張世國
責任編輯／張世國
發　行　人／何飛鵬
副總編輯／王雪莉
業務經理／李振東
行銷企劃／陳姿億
資深版權專員／許儀盈
版權行政暨數位業務專員／陳玉鈴
法律顧問／元禾法律事務所　王子文律師
出版／奇幻基地出版
城邦文化事業股份有限公司
台北市 104 民生東路二段 141 號 8 樓
電話：(02)25007008　傳眞：(02)25027676
網址：www.ffoundation.com.tw
e-mail：ffoundation@cite.com.tw
發行／英屬蓋曼群島商家庭傳媒股份有限公司城邦分公司
台北市 104 民生東路二段 141 號11 樓
書虫客服服務專線：(02)25007718・(02)25007719
24 小時傳眞服務：(02)25170999・(02)25001991
服務時間：週一至週五09:30-12:00・13:30-17:00
郵撥帳號：19863813　戶名：書虫股份有限公司
讀者服務信箱 E-mail：service@readingclub.com.tw
歡迎光臨城邦讀書花園 網址：www.cite.com.tw
香港發行所／城邦（香港）出版集團有限公司
香港灣仔駱克道 193 號東超商業中心 1 樓
電話：(852) 2508-6231 傳眞：(852) 2578-9337
馬新發行所／城邦（馬新）出版集團
【Cite(M)Sdn. Bhd.(458372U)】
11, Jalan 30D/146, Desa Tasik,
Sungai Besi, 57000 Kuala Lumpur, Malaysia.
電話：(603) 90578822　傳眞：(603) 90576622

封面插畫／Blaze Wu
封面版型設計／ Snow Vega
排　　版／極翔企業有限公司
印　　刷／高典印刷有限公司
■2021 年（民 110）1 月 14 日初版一刷
■2023 年（民 112）12 月 21 日初版5.5刷

售價／320元

國家圖書館出版品預行編目資料

百鬼夜行卷 3：魔神仔 / 等菁著 .-- 初版 .-- 台北市：奇幻基地出版；家庭傳媒城邦分公司發行；2021.1（民 110.1）
面：公分 . –（境外之城：115）
ISBN 978-986-99766-3-3（平裝）

863.57　　109020227

ISBN 978-986-99766-3-3
Printed in Taiwan.

※ 本故事內容純屬虛構，如有雷同，純屬巧合。

廣　告　回　函
北區郵政管理登記證
台北廣字第000791號
郵資已付，免貼郵票

104台北市民生東路二段141號11樓

英屬蓋曼群島商家庭傳媒股份有限公司城邦分公司 收

請沿虛線對摺，謝謝

奇幻基地

每個人都有一本奇幻文學的啓蒙書

奇幻基地官網：http://www.ffoundation.com.tw
奇幻基地粉絲團：http://www.facebook.com/ffoundation

書號：**1HO115**　　書名：百鬼夜行卷3：魔神仔

請於此處用膠水黏貼

奇幻基地

讀者回函卡

謝謝您購買我們出版的書籍！請費心填寫此回函卡，我們將不定期寄上城邦集團最新的出版訊息。

姓名：________________ 性別：□男 □女

生日：西元________年________月________日

地址：________________

聯絡電話：________________傳真：________________

E-mail ：________________

學歷：□1.小學 □2.國中 □3.高中 □4.大專 □5.研究所以上

職業：□1.學生 □2.軍公教 □3.服務 □4.金融 □5.製造 □6.資訊

□7.傳播 □8.自由業 □9.農漁牧 □10.家管 □11.退休

□12.其他________________

您從何種方式得知本書消息？

□1.書店 □2.網路 □3.報紙 □4.雜誌 □5.廣播 □6.電視

□7.親友推薦 □8.其他________________

您通常以何種方式購書？

□1.書店 □2.網路 □3.傳真訂購 □4.郵局劃撥 □5.其他

您購買本書的原因是（單選）

□1.封面吸引人 □2.內容豐富 □3.價格合理

您喜歡以下哪一種類型的書籍？（可複選）

□1.科幻 □2.魔法奇幻 □3.恐怖 □4.偵探推理

□5.實用類型工具書籍

對我們的建議：________________

____

____

請於此處用膠水黏貼